LOUIS MICHEL

ESSAI

SUR

RABELAIS

« Il peut être le mets des plus
délicats. »
LA BRUYÈRE.

PARIS

ERNEST THORIN, EDITEUR

Libraire du Collège de France, de l'École normale supérieure,
des Écoles françaises d'Athènes et de Rome

7, RUE DE MÉDICIS, 7

—

1877

ESSAI

SUR

RABELAIS

TOULOUSE. — IMPRIMERIE A. CHAUVIN ET FILS, RUE DES SALENQUES, 28.

LOUIS MICHEL

ESSAI

SUR

RABELAIS

« Il peut être le mets des plus
délicats. »
LA BRUYÈRE.

PARIS

ERNEST THORIN, EDITEUR

Libraire du Collége de France, de l'École normale supérieure,
des Écoles françaises d'Athènes et de Rome

7, RUE DE MÉDICIS, 7

——

1877

A Madame C. J.

Vous êtes une de ces femmes d'élite que j'ai en vue, bien faites pour goûter Rabelais, et qui lui gardez secrètement rancune du malin plaisir qu'il semble avoir pris de vous ôter cette jouissance. Permettez-moi de vous offrir ces pages : leur but se trouvera pleinement atteint si elles parviennent à vous réconcilier avec lui.

AVERTISSEMENT

Avant toute chose, je tiens à préciser la pensée qui domine cette étude et qui l'a inspirée. Notre époque semble avoir pris à tâche la réhabilitation de Rabelais. Durant ces dernières années on a vu se succéder presque sans relâche et comme à l'envi plusieurs éditions de son poëme, toutes à coup sûr fort remarquables par leur scrupuleuse exactitude, les savants commentaires dont elles sont accompagnées, les patientes et minutieuses recherches qu'elles ont nécessitées, ou le luxe typographique qui les embellit (1). Tant de livres supposent quelques lecteurs ! D'autre part, la vie du curé de Meudon a été soigneusement fouillée, éclaircie et dégagée pour toujours de sa légende par trop fantaisiste. D'habiles mains ont dénoué les cordons du masque :

---

(1) Pour ne citer que les meilleures et les plus récentes : l'édition Burgaud des Marets et Rathery, Paris, Firmin Didot; l'édition A.-L. Sardou, San-Remo, J. Guay et fils; l'édition Lemerre, par M. Ch. Marty-Laveaux, dont les trois premiers volumes ont déjà paru ; les deux éditions Jouaust : l'une, par MM. A. de Montaiglon et L. Lacour, publiée depuis quelque temps ; l'autre, par M. P. Chéron, en cours de publication.

Le visage de l'homme se montre à présent en pleine lumière (1). Il est certain que nul, parmi nos vieux auteurs français', ne méritait mieux un pareil honneur et qu'aucun autre ne jouit à cette heure d'un tel crédit. On dirait que notre pays veuille tout particulièrement protester contre certaines tendances, dont l'exagération va jusqu'à lui dénier toute initiative et toute originalité, en exhumant avec amour les restes du plus national, du plus indépendant, du plus personnel de ses fils. L'Académie française qui, à l'exemple de tous les corps constitués, bien loin de devancer l'opinion, ne cède, au contraire, à ses courants que lorsqu'ils lui paraissent irrécusablement établis, l'Académie elle-même n'a pas craint de s'associer à ce mouvement littéraire et de décerner son dernier prix d'éloquence au meilleur « Discours sur le génie de Rabelais, sur le caractère et la portée de son œuvre (2). »

Il ne reste plus, semble-t-il, qu'à mettre à profit les excellents matériaux bibliographiques et biographiques qui ont ainsi désormais fixé le texte de l'ouvrage et la physionomie du grand écrivain. Maintenant, moins que jamais, il sera permis de ne pas connaître l'un et l'autre. Et pourtant, malgré d'aussi séduisantes sollicitations, Rabelais demeurera longtemps ignoré de deux catégories de personnes si l'on ne tente rien pour leur en permettre ou leur en faciliter l'approche.

(1) Je signalerai surtout la notice de M. E.-J.-B. Rathery, imprimée en tête de l'édition Didot.

(2) Ce sont les termes mêmes dans lesquels fut annoncé le concours en 1874. M. Gebhard, professeur de littérature à la Faculté des lettres de Nancy, en a été proclamé lauréat dans la séance du 8 juillet dernier.

Les femmes d'abord, auxquelles il est à peu près interdit d'ouvrir son livre. « Est-il besoin d'indiquer
une des grandes causes qui ont limité son succès
d'écrivain? » a dit quelque part M. Sainte-Beuve,
« aucune femme, *pas même Ninon*, ne peut le lire (1). »
Notre éminent critique, avec son tact exquis, compre-
nait à merveille le dégoût invincible que les crudités
du *Pantagruel* doivent nécessairement causer aux âmes
délicates et chastes. On aurait pu lui représenter peut-
être que Mme de Sévigné, — laquelle vaut bien
Ninon, — ne poussait pas si loin le scrupule. « Elle
lisait Rabelais et l'*Histoire des variations...* » Il l'avoue
lui-même, non sans complaisance. « Liée avec Port-
» Royal et nourrie des ouvrages de *ces messieurs...* elle
» n'en cite pas moins Rabelais, et ne veut d'autre in-
» scription à ce qu'elle appelle son couvent que *Sainte-*
» *Liberté*, ou *Fais ce que voudras*, comme à l'abbaye de
» Thélème (2). » A quoi il n'eût sans doute point man-
qué de répondre que nos mœurs sont fort éloignées de
celles d'alors ; que l'exception confirme la règle, et
qu'en fin de compte Mme de Sévigné n'est pas tout le
monde. Sa première affirmation demeure donc entièrement vraie. Oui, certes, il semble bien difficile de nos
jours qu'une honnête femme puisse entreprendre pareille lecture sans être rebutée dès les premières lignes :
le livre lui tomberait bientôt des mains. N'est-ce pas
grand dommage ? La voilà placée dans cette fâcheuse

(1) Sainte-Beuve, *Tableau de la poésie française au seizième siècle*,
p. 275, note 2.
(2) Sainte-Beuve, *Portraits de femmes*, p. 15 et 16,

alternative : ou ne pas savoir, ou être condamnée, pour
y parvenir, à surmonter une trop légitime répulsion. Il
est désespérant d'avoir un chef-d'œuvre à ses côtés
sans aucun moyen avouable de se l'approprier. Aussi
presque toutes les femmes sont-elles hostiles à Rabelais. Elles ne lui pardonnent guère de s'être rendu inac-
cessible. Je voudrais essayer d'abaisser la barrière et
de les lui ramener. Elles forment une grosse fraction
du public lettré, lisent autant que les hommes, et peut-
être davantage par suite de leurs plus grands loisirs.
Nous ne devons rien négliger de ce qui peut les forti-
fier, les éclairer, les mûrir, et ne point oublier surtout
qu'elles sont en définitive nos premières institutrices.
Ce n'est pas sans raison que de très-sérieux penseurs
considèrent leur éducation comme l'une des pierres an-
gulaires de notre édifice social.

Il ne paraîtra nullement indifférent dès lors qu'elles
continuent à être hors d'état, ou qu'elles soient mises à
même de lire une œuvre vigoureuse et saine, suscep-
tible de les porter à la réflexion et d'affranchir leur esprit d'une foule d'erreurs ou de préjugés. Pour ma part
et depuis longtemps, je suis surpris qu'on n'ait point
tâché d'obvier à cet inconvénient à l'aide d'intelligentes
coupures.

O ciel ! s'écriera-t-on ; mais vous n'y pensez pas.
Mutiler Rabelais ! quelle odieuse profanation ! — Prenons garde qu'un culte excessif ou irréfléchi ne nous
aveugle sur son objet et ne dégénère en pur fétichisme.
Tout est sacré aux yeux des bibliophiles, je le sais, et
je m'explique parfaitement qu'ils ne puissent se résoudre
à la moindre transaction, au plus léger sacrifice. Aussi

n'est-ce point à eux que je m'adresse, ni sur leur approbation que j'ose compter. Quoi qu'ils en veuillent penser ou dire, les éditions *ad usum Delphini*, intelligemment faites, auront toujours du bon. Leur principal mérite consiste en une féconde vulgarisation qui s'opère, non par des intermédiaires de seconde ou de troisième main, souvent fort mal renseignés, comme il arrive la plupart du temps pour les matières scientifiques, mais d'une façon directe au moyen d'extraits judicieusement triés et choisis, pris à la source, exprimant le fond de la pensée et donnant une très-suffisante idée du style ou de la manière de l'auteur. Libre aux érudits de profession de tenir pour suspects ces modestes travaux ; leur utilité n'en demeure pas moins incontestable. Il serait injuste de les trop décrier ; leur clientèle mérite respect, encouragement et sympathie. Ne nous en moquons pas. De ce qu'on a pleine liberté pour toucher à l'arbre de science, ce n'est pas un motif pour empêcher les autres d'en détacher de loin en loin quelques fruits. Je souhaiterais donc que mon appel fût entendu ; qu'un éditeur de bonne volonté tentât l'aventure, se mît courageusement à l'œuvre et nous donnât un Rabelais expurgé que le père de famille laisserait traîner en tout repos sur la table commune, à portée de sa femme et de ses enfants (1).

---

(1) Personne, j'imagine, ne me supposera capable de songer à imiter ₁e maladroit De Marsy qui, au siècle dernier, éleva la prétention de *traduire* le poëme de Rabelais en *français moderne*. En même temps qu'il lui ôta toute saveur, il en bannit la naïveté, son charme et son excuse ; il ne fit que rendre plus sensibles et plus repoussants les écarts de langage ou les défauts de goût. J'entends, au contraire, qu'il ne soit rien

Mais, va-t-on m'objecter encore, s'il est expurgé, Rabelais ne sera plus Rabelais. Je ne me dissimule nullement la valeur du reproche ; toutefois je persiste à le croire plus spécieux que fondé. Que cherchons-nous effectivement dans les écrits du chantre immortel de Gargantua ? Ce ne sont ni les grossièretés, ni les expressions malsonnantes et basses, ni les litanies ordurières qui encombrent son poëme. Tout ce fatras nous allèche peu. Après avoir fort diverti nos pères, il a fait son temps, il est usé, démodé, souvent insipide. Nous passons vite à côté pour aller plus avant, aux endroits où le génie se révèle et rayonne. C'est là que, du premier coup, il faudrait porter nos aimables lectrices. Elles y perdraient, j'en conviens, d'assister aux ébats de l'égipan ; elles ne parviendraient qu'avec la plus grande peine à se représenter le délire du poëte quand il lâche sans retenue la bride à son intempérance et secoue les grelots de sa folie. Mais quel mal, après tout, de leur épargner la vue d'un spectacle peu fait pour elles, de leur cacher ce qu'elles ne sauraient regarder, pour leur montrer ce qu'il importe qu'elles admirent? De cette refonte ingénieusement accomplie sortirait en quelque sorte un Rabelais nouveau, plus grave, plus sérieux, ni moins grand, ni moins surprenant, ni moins étrange, le seul, s'il faut tout dire, dont un lecteur sérieux consente

changé à la langue ; on se servirait seulement de celle des éditions contemporaines dont l'orthographe est la moins surchargée et la plus courante. Je puis bien consentir à écourter le géant, non à le travestir.

L'entreprise, avortée du reste, dont je parle ici, a pour titre : *Le Rabelais moderne, ou ses œuvres mises à la portée de la plupart des lecteurs, par l'abbé de Marsy*. Amsterdam (Paris), 1752, 8 vol. pet. in-12.

à s'occuper. Ma conviction profonde est qu'au lieu d'en être amoindrie, sa gloire s'en augmenterait. Depouillé de sa gangue, le diamant brillerait de tout son éclat ; nous aurions la substance même, la quintessence de ce robuste cerveau, et Dieu sait quelle est sa force ! Car je ne voudrais, bien entendu, ni l'édulcorer, ni l'affadir ; je tiendrais au contraire à lui conserver la plénitude de sa verve mordante et satirique, de sa fougue et de son entrain. Je laverais le manteau sans le déchirer, avec soin et précaution. Pour être propre il n'en deviendrait pas plus terne, et dussions-nous, tout compte fait, en effacer certaines couleurs trop vives, ne serait-ce rien que d'attirer à lui ce public de femmes et d'adolescents si impressionnable, si apte à tout s'assimiler, si plein de chaleur, de passion et d'enthousiasme ?

Il est une autre classe de gens, beaucoup moins intéressante, à laquelle j'ai fait allusion au début et dont je veux aussi dire un mot. Elle comprend ceux, trop nombreux, hélas ! qui, pouvant lire, ne veulent pas s'en donner la peine. Le nom de Rabelais attire invariablement sur leurs lèvres un sourire qu'ils s'efforcent de rendre malicieux ou méprisant. Ne connaissant guère son œuvre que par ouï-dire, et se méprenant lourdement sur son caractère, ils la rabaissent en général au niveau d'une production purement licencieuse. Si par hasard il leur est arrivé d'ouvrir le livre, ils se sont arrêtés à la surface, et cela leur suffit désormais pour formuler à son encontre un jugement aussi frivole qu'erroné. Tâchons de les convertir si c'est possible, mais surtout vengeons Rabelais de leurs dédains en les obligeant à lui faire amende honorable, à s'incliner de-

vant sa grandeur, à confesser qu'il y a en lui autre
chose qu'un conteur vulgaire et facétieux. S'ils ne le
feuillettent pas davantage une fois que nous l'aurons
purifié de ses souillures, ils n'en seront pas moins
stupéfaits de découvrir qu'il est empreint d'une morale
supérieure, qu'il peut servir d'enseignement comme de
modèle aux jeunes générations et devenir en un mot
presque un ouvrage classique (1).

Si je suis parvenu à me faire bien comprendre, l'ob-
jectif de cette étude est dès à présent indiqué de telle
sorte qu'il paraisse malaisé de ne pas l'apercevoir. Elle
n'est, à proprement parler, autre chose que la très-im-
parfaite préface d'une édition dont chacun peut distin-
guer les avantages. Telle que je la conçois, elle poursuit
un double but : suggérer à ceux qui ne savent pas ou
savent mal ce qu'est Rabelais le désir de faire avec
lui plus ample connaissance ; inspirer en même temps à
ceux qui, plus heureux que moi, en auraient le temps et
les moyens (car il s'en faut de beaucoup que je m'illu-
sionne sur les très-réelles difficultés de toute nature

---

(1) Il faut louer M. Auguste Brachet d'avoir rompu avec la routine en
publiant à l'usage des lycées son volume de *Morceaux choisis des grands
écrivains français du seizième siècle*. Paris, Hachette. — D'habitude, dans
ces sortes de recueils on ne remontait guère au delà du siècle de
Louis XIV. Je suis heureux de rencontrer dans celui-ci plusieurs pages
extraites de Rabelais. Elles sont expurgées avec tout le soin que réclame
un livre destiné à la jeunesse, et peuvent servir de modèle pour l'établissement de l'édition que je conseille. L'habile correcteur ne s'est pourtant pas fait faute de s'attaquer aux passages les plus scabreux. A côté
des chapitres sur l'éducation, du conseil tenu par Picrochole et ses gou-
verneurs, de la grande lettre de Gargantua, du marché de Panurge avec
Dindenault, il n'a pas craint de donner la rencontre de Pantagruel et
du Limousin, qui contient une si flagrante obscénité.

que présente un pareil remaniement), la pensée d'entreprendre et l'énergie de mener à bonne fin le travail d'épuration dont j'ai parlé, et que je considère, à bon droit me semble-t-il, comme infiniment profitable au plus grand nombre.

Février 1877.

ESSAI

RABELAIS

« Il peut être le mets des plus délicats. »

LA BRUYÈRE.

———

Lorsqu'il classait Rabelais parmi les livres « simplement plaisants » de sa *librairie*, entre « le » *Décaméron* de Boccace et les *Baisers* de Jehan » Second (1) , » Montaigne soupçonnait-il qu'un jour *Pantagruel* et *Gargantua* viendraient prendre la première place à côté de ses propres *Essais* sur le rayon des œuvres morales et philosophiques du seizième siècle ? Son jugement un peu leste a le droit de nous surprendre. Sans doute dans l'énorme succès que ses contemporains firent à maître Alcofribas, la partie comique, actuelle, et pour ainsi dire extérieure de son œuvre, dut avoir la plus grande part ; néanmoins, les esprits

(1) *Essais*, liv. II, chap. X.

2

éminents d'alors surent mieux comprendre les leçons qu'il y avait enfermées. D'après son conseil,
ils avaient « ouvrans ceste boite, trouvé la celeste
» et impreciable drogue.... brisé et sugcé l'os me-
» dullare (1). » A leurs yeux, Rabelais n'était pas
simplement plaisant. Théodore de Bèze disait qu'en
se jouant il surpassait les plus graves (2). Son intelligent protecteur, le cardinal du Bellay, ne crai-
gnait pas de saluer en lui le créateur du « livre »
par excellence ; le savant et malheureux Etienne
Dolet professait pour ses écrits autant d'admiration que d'amitié pour sa personne. A voir l'opinion plus étroite émise par Montaigne à quelque
trente ans de là, on serait quasi tenté de croire
que, redoutant la rivalité de cette gloire future,
il lui voulait mesurer d'avance l'espace ou lui mar-
chander son triomphe.

Montaigne était injuste. La taille de Rabelais
dépassait tellement celle du gai conteur italien et
du gracieux poëte latin hollandais, — avec lesquels on s'efforce du reste en vain de lui trouver

---

(1) Prologue du liv. I. — Je me suis servi pour les citations assez
nombreuses de Rabelais, qu'il m'a fallu nécesssairement faire, de l'excel-
lente édition Firmin Didot. Je me serais reproché d'apporter au texte la
plus légère modification.

(2)   *Qui sic nugatur, tractantem ut seria vincat,*
          Seria cum faciet, dic, rogo, quantus erit
               (Epigrammata heroica latina et gallica).

Celui dont le badinage est plus profond que le sérieux des autres, que
sera-t-il, je vous prie, s'il devient sérieux à son tour ?

la moindre parenté, — qu'il aurait dû s'en apercevoir. Rabelais, à coup sûr, est bien l'un des plus féconds et des plus libres génies de son temps, s'il n'en est pas le premier penseur et le plus remarquable écrivain. Novateur plein de hardiesse, il a rompu avec le passé, flagellé le présent, entrevu l'avenir, coupé d'un bras viril l'attache qui nouait la jeune civilisation au vieux monde vermoulu. Sur le seuil des temps modernes, à l'heure où éclate dans toute sa force initiale le double mouvement de la Renaissance et de la Réforme, où les esprits sont avidement tournés vers l'étude de l'antiquité, et les âmes vers le dogme nouveau, il apparaît dans son indépendance et sa personnalité, exempt de tout lien d'école et de doctrine, la folie d'une main, la sagesse de l'autre, prêt à montrer aux hommes combien ils sont insensés et à leur enseigner comme ils pourront cesser de l'être. Egalement éloigné de tous les fanatismes, qu'ils sortent de Rome ou de Genève, sans parti pris formel, ni système préconçu; apte à tout comprendre et tout juger; n'ayant au fond d'autre souci que de dénoncer les abus et de flétrir les vices où qu'ils se laissent surprendre, il fait constamment preuve à la fois de perspicacité, de force, de rectitude et de modération. Ce sont moins les personnes qu'il vise que les institutions, les usages ou les mœurs. Ses connaissances sont étendues, son savoir éprouvé, son érudition large et profonde, son jugement droit et sain. Il a pratiqué la vie et appris à compter avec ses exigences. L'élévation des vues, la sûreté du coup d'œil, la vigueur et la précision de la pensée se joignent chez lui à la verve la plus originale, la plus entraînante, la plus communicative qui ait jamais jailli d'une imagination humaine.

Si réelles toutefois que fussent ces diverses qualités, elles semblaient à chaque instant submergées par un tel flot d'inventions grossières et bizarres, qu'il eût été vraiment surprenant de voir les esprits réglés, polis ou délicats de nos deux grands siècles littéraires leur accorder une importance proportionnée à leur mérite.

A part La Fontaine et Molière, que le curé de Meudon eût sans hésitation reconnus pour ses héritiers directs, et qui se faisaient une joie de le relire sans cesse, le dix-septième siècle semble en général avoir porté sur l'ouvrage de Rabelais l'arrêt trop dur, en dépit de l'éloge final, que prononça La Bruyère (1). Quant au dix-huitième, Diderot excepté, il était préparé moins encore à le goûter, et Voltaire n'aurait pas plus ménagé l'imprudent capable de comparer Micromégas à Gargantua qu'il n'eût fait du faquin assez osé pour donner à Othello la préférence sur Orosmane (2).

---

(1) *Caractères*, chap. I.

(2) C'est pourtant le parti que n'a pas hésité à prendre M. Villemain et que nous prenons tous avec lui. Il est vrai que Voltaire n'est plus là.

La Harpe, en dernier lieu, résuma sur ce point, comme La Bruyère, l'opinion de ses alentours (1). Il suffit de rapprocher les deux passages pour se convaincre du discrédit que cent ans de plus avaient jeté sur l'un des plus illustres prosateurs français. Encore un peu, et il n'allait pas même en être question. La chose s'explique de reste. Rabelais, pareil en ceci à la plupart des vieux auteurs, demande pour qu'on le saisisse pleinement à être restitué dans son milieu, replacé dans son cadre, mesuré en un mot à l'aune de son temps et non pas rigoureusement lié à tel étalon littéraire, véritable lit de Procuste dont il ne pouvait deviner les dimensions. Or c'est précisément ce qu'on a le moins su faire durant les deux siècles précédents. Tout rameau dépassant la ligne était irrémissiblement coupé; les mêmes ciseaux qui taillaient avec une si irréprochable méthode les charmilles du parc de Versailles se livraient sur le domaine des lettres à de fréquentes incursions. On redressait Eschyle (2), on corrigeait Sophocle, on émondait

Voir *Tableau de la littérature au dix-huitième siècle*, t. I, neuvième leçon, et t. III, p. 329.

(1) *Cours de littérature*, introduction à la seconde partie.

(2) Si l'on veut se rendre compte de la peine extraordinaire qu'éprouvaient nos devanciers à sortir d'eux-mêmes pour juger une autre époque, *à se mettre au point*, comme nous disons aujourd'hui, il suffit de parcourir les fantastiques analyses où le R. P. Brumoy, de la Compagnie de Jésus, se figure de la meilleure foi du monde avoir *résumé*, dans son *Théâtre des Grecs*, les tragédies d'Eschyle. Entres autres bouffonneries inconscientes, arrivé au dénoûment tout religieux de cette admirable et

Shakespeare en leur reprochant sévèrement leur
manque de goût. Se pouvait-il que les grivoiseries
de notre ancien poëte échappassent à la censure ?
Loin de les excuser on s'en exagérait la licence.
Heureusement pour lui que l'heure allait bientôt
sonner où cette excessive rigueur devait faire
place à une plus équitable interprétation. Ce ne
sera pas l'un des moindres résultats obtenus par
l'érudition contemporaine dont l'esprit de critique
et d'examen a si exactement placé sous leur vrai
jour et même parfois ressuscité tant d'œuvres jusque-là insuffisamment appréciées ou totalement in-
comprises, que d'avoir su rendre au père de
Panurge les entiers honneurs qui lui sont dus.

I

La verve moqueuse de nos aïeux n'avait pas at-
tendu jusqu'à Rabelais pour s'exercer. Elle s'était
déjà donné ample carrière dans les *sirventes* satiriques des troubadours et les fabliaux du moyen
âge où se retrouvent les qualités maîtresses de l'es-

---

gradiose Orestie qui célèbre la victoire des jeunes dieux plus humains et
plus doux sur les vieilles et farouches déités titaniques, le bon Père
nous dépeint la vive contrariété des Euménides lorsqu'elles « sentent que
l'*air du bureau* n'est pas pour elles. » Le reste à l'avenant ; et, néanmoins,
le savant jésuite fut un lettré véritable, passionné pour son sujet. L'ouvrage qu'il a laissé est l'un des meilleurs qu'ait produits le dix-huitième
siècle sur les tragiques grecs (V. édition originale, Paris, 1730, 3 vol.
in-4°, t. III, p. 213).

prit français et percent les levains instinctifs d'opposition à l'omnipotence des prêtres et des nobles
qui fermentaient au sein des masses. Elle s'était
furtivement glissée dans les allusions peu voilées
de l'interminable et cosmopolite *Roman du Re-
nard*, dans les subtiles allégories du *Roman de la
Rose*, ainsi que dans les farces, soties ou moralités
du quinzième siècle, dont une des plus célèbres et
des plus connues est la *Farce de Pathelin*. Notre
auteur n'avait donc qu'à se baisser, et il ne s'en
fit pas faute, pour puiser à pleines mains dans ce
vieux fonds de maligne gaieté gauloise où la naïveté le disputait au bon sens, à la vive et nette familiarité de l'allure. Mais s'il utilisa, comme en
se jouant, ces plaisants matériaux, il leur adjoi-
gnit des éléments avec lesquels ils n'étaient guère
auparavant habitués à se trouver en contact, et,
de l'ensemble, construisit un édifice tellement différent de celui dont ils faisaient autrefois partie,
qu'on a presque peine à les y retrouver. Pour ses
prédécesseurs, la malice et la raillerie étaient un
but; elles ne devinrent pour lui qu'un moyen. Il
s'en servit, pour faire passer ses idées, comme
d'une monnaie courante, tombée dans le domaine
public, avec laquelle on n'a pas à regarder de trop
près, sachant bien que personne ne fera difficulté
pour la reconnaître et la recevoir. Il s'agissait bien
plus en effet à ses yeux de contraindre ses contemporains à l'écouter leur dire ce qu'il avait sur

le cœur, d'épancher sans obstacles sa mauvaise humeur et sa bile, de proposer ses réformes, mettre au jour ses préceptes, dégager son idéal, que de composer une diatribe en règle sur les hommes en place et les puissants du jour. Et c'est par là qu'il se distingue du pamphlétaire, qu'il échappe à son temps et à son milieu pour prendre rang parmi les quelques grands génies dont la parole, à travers les âges, s'adresse désormais à l'humanité.

Voyez quelle distance entre Erasme et lui. Il existe cependant une frappante analogie entre leur tempérament et leur situation respective vis-à-vis des chefs de la Réforme. Erasme contribue en partie à son établissement grâce à la vigueur de ses attaques contre les scandales des gens d'Eglise ; il est d'un puissant secours pour Luther qui pense l'avoir conquis. Mais bientôt sa raison, sa prudence, son aversion de tout ce qui est extrême, son amour de la philosophie l'éloignent du sectaire dont il condamne et redoute les ardeurs. Rabelais joue un rôle identique auprès du Réformateur français ; celui-ci compte en faire son allié ; il applaudit à ses premiers coups, espérant bien qu'il en va porter d'autres dont lui, Calvin, dirigera l'effort ; puis tout à coup il s'en voit abandonné, moqué, conspué, et il laisse tomber sur ce transfuge d'amères paroles (1). C'est que Rabe-

---

(1) Voyez plus loin, la note, *in fine*.

lais, comme Erasme, était trop sceptique, trop
lesté de bon sens pour se jeter dans les exagérations et les violences du fanatisme. Le point de départ avait pu le séduire, le terme brutal et san-
glant le révoltait. En France, d'ailleurs, presque
tous les lettrés du seizième siècle avaient au début
accueilli avec faveur les idées de la Réforme, plutôt sans doute parce qu'elles leur semblaient un
acheminement vers l'émancipation de la pensée
que par conviction religieuse. Ils ne tardèrent pas
à s'en dégoûter, et leur répugnance fut occasion-
née au moins autant par la raideur, le purita-
nisme dogmatique intransigeant de Calvin et de
ses adeptes que par le spectacle des excès auxquels
s'abandonnèrent ces apôtres d'un nouveau genre.
Ils ne voulaient effectivement pas davantage rom-
pre avec la raison en tombant dans l'intolérance
huguenote qu'ils n'auraient désiré lui faire échec
en rétrogradant vers la crédule exaltation du
moyen âge. Ils rompirent le lien, furent hommes;
la philosophie chez eux reprit le dessus et les
sauva. Rabelais l'un des premiers donna l'exemple. En dehors de cette parité de sentiments et de
conduite, l'auteur de *Pantagruel* avait avec
celui des *Colloques* et de l'*Eloge de la Folie* plus
d'un autre rapport. L'esprit de tous les deux était
également mesuré, observateur, réfléchi, maître
de lui-même. Tous deux ils voyaient de près ce
qu'ils blâmaient si vertement; tous deux maniaient

avec art l'arme de l'ironie; tous deux étaient in-
struits, considérés, amis des princes et des rois.
D'où vient donc que leur œuvre est si dissemblable
et que le renom de l'une va s'affaiblissant alors
que celui de l'autre s'accroît? Est-ce seule affaire
de style ou de fortune? Non certes! la cause en
est toute en ceci que les écrits du second furent
une arme de combat, une pièce de circonstance,
un pamphlet enfin, tandis que le livre du premier, visant plus haut et plus loin, portait dans
ses pages, jointe au sérieux des fondations dura-
bles, cette intime préoccupation de l'avenir dont
les penseurs d'élite ont toujours peine à se défendre. Là où Erasme se contentait de détruire, Rabelais commençait de bâtir. Il ne lui suffisait pas
de voir disparaître les inepties et les turpitudes
qu'il flagellait ; il eût souhaité y substituer un ordre meilleur basé sur la justice et la raison. C'est
pourquoi l'on retrouve sous sa plume ce mélange
de gravité et de folie dont il a été le premier à
faire un si étonnant usage. Avec autant de sincérité que Montaigne, il aurait pu dire au lecteur en
lui présentant son poëme : « C'est icy un livre de
» bonne foy, » car toutes les remarques, toutes
les idées, toutes les réflexions, tous les jugements sur les hommes et les choses qu'une longue carrière bien remplie lui avait permis d'em-
magasiner, il les y avait versés à profusion
au fur et à mesure qu'il en inventait, pour le

besoin de sa cause, les désopilants épisodes.

Nous savons effectivement, grâce aux infatigables recherches des bibliophiles, que la confection des divers chants de sa burlesque épopée se répartit sur les derniers vingt ans de son existence. Lorsque la première partie du *Pantagruel* parut, en 1533, il avait atteint la cinquantaine, ou la quarantaine, — comme on le croit plus communément aujourd'hui, — en tous cas l'âge mûr. *Gargantua* vit le jour en 1535; un long intervalle de onze années le sépare de la deuxième partie du *Pantagruel*, ce pur chef-d'œuvre, qui précède elle-même de cinq ans la troisième. Enfin le dernier livre ne fut publié qu'en 1562, assez longtemps après sa mort, et il est à présumer qu'il y travailla jusqu'à la fin de ses jours survenue en 1553. Ecrite à bâtons rompus, dans des circonstances et pour des causes diverses, son œuvre fut donc le résultat des longues méditations de sa verte vieillesse, le fruit d'une expérience consommée et non la fleur hative d'un jeune talent. Il serait puéril d'attendre une ordonnance parfaite d'un livre mis au monde dans de pareilles conditions. Le peu de liaison que présentent entre eux les fragments dont il se compose; les inexactitudes, les inconséquences qu'on y relève à chaque instant ne permettent pas de supposer un dessein préconçu, un plan arrêté et suivi. Ce sont autant d'échappées soudaines sur le monde intellectuel, moral, religieux et politique par où se précipitent tumultueusement les pensées d'un esprit vigoureux et profond, supérieur à son siècle, mécontent de la marche des choses, désireux de la venue d'un état moins mauvais que sa vue perçante lui a fait pressentir. Sans doute il eût pu arrondir un traité *ex professo* sur les importantes matières qu'il a si légèrement et si compétemment touchées; mais il était édifié sur le sort réservé aux ouvrages de morale présentés avec un appareil sévère et n'ignorait point qu'ils rencontraient auprès du public moins de faveur que les plus niaises bagatelles. Et puis, heureusement pour nous, la pente de son caractère le portait de préférence vers les inventions plaisantes et bouffonnes. Il résolut donc d'habiller les vérités qu'il avait à faire entendre du vêtement le plus propre à en dissimuler les contours. Voilà seulement ce qui, de sa part, a été voulu et prémédité. Quant à la forme, il s'est abandonné au caprice de sa fantaisie, saisissant au vol les brillantes ou folles chimères qu'elle lui suggérait en foule, n'employant à fabriquer ses chapitres d'autre temps « que celuy qui estoit es- » tably à prendre sa refection corporelle (1). » Son poëme à la surface est tout de folie, à la base tout de sagesse. On dirait des couches successives : d'abord l'extravagance et le dévergondage d'une

_____

(1) Prologue du liv. I.

imagination en délire ; puis l'ironie et le dénigre-
ment à jet continu ; enfin la raison, le bon sens
dans leur acception la plus parfaite. Lorsqu'on
jette la sonde en ce trouble océan, on risque aussi
bien d'en retirer une ordure ou un joyau. Le tout
est de savoir s'y prendre, et pour cela d'en étudier
les profondeurs.

Ce qu'il faut en premier lieu constater à la
louange de Rabelais, c'est qu'il n'est point méchant. Alors que tant d'autres satiriques n'écou-
tent que leurs passions et leurs colères, ou se laissent aveugler par leurs instincts de vengeance ou
leurs penchants malicieux, lui semble n'obéir qu'à
son amour du vrai, à l'impulsion philosophique de
sa haute intelligence. On ne lui découvre pas de
haines concentrées comme chez Swift, ni de mau-
vaises rancunes comme chez Voltaire. Il est au
fond trop de sang-froid pour se mettre en grande
irritation. A l'exemple du Sage, il rit des vicissi-
tudes et des insanités d'ici-bas ; mais on devine
qu'il les déplore et n'est peut-être pas bien loin
d'en gémir. S'il ne va pas jusque-là, on doit s'en
prendre à son époque, qui permettait peu l'attendrissement. Quand il se passionne, c'est pour la
justice ; quand il s'indigne, c'est contre l'abus de
la force, l'oppression, la tyrannie, contre l'hypocrisie, la cupidité, l'ignorance ou l'avarice ; quand
il se moque, c'est de la faiblesse inhérente à notre
nature, c'est de nos vanités, de nos travers, de

nos ridicules, de nos petits compromis de conscience. Rarement on le voit s'attaquer aux personnes : il n'en vient à cette extrémité que si on le pousse à bout. Son indulgence prend sa source dans une sorte de philosophie instinctive et innée à laquelle on pourrait peut-être reprocher son terre-à-terre, si elle n'était marquée en même temps au coin du bon sens le plus pratique et le plus vrai. Ce n'est pas qu'il ne soit apte à s'élever jusqu'aux considérations d'un ordre supérieur : les hautes sphères du raisonnement sont loin de lui être inconnues, on s'en aperçoit en mainte rencontre; mais l'aventure de tous ceux qu'il a vus s'y égarer, la crainte d'un semblable déboire, sa passion pour la justesse et la clarté le portent spontanément à renoncer au plaisir d'y promener ses conceptions. Avec lui rien de complexe; il s'en tient au possible, au réel, à la vérité palpable, immédiate et de facile découverte. Il se place au point de vue de nos besoins et s'efforce de leur donner une légitime satisfaction. Il revendique le droit pour toutes nos facultés de se développer sans obstacle. Ennemi des entraves, du convenu, de la routine et du préjugé, on le sent qui cherche à faire pénétrer dans les masses le sentiment de la liberté et du respect de la liberté d'autrui. Au rebours de ceux qui voudraient nous persuader de n'avoir pour unique souci que de bien mourir, il use sa dialectique à nous démontrer que l'homme

est ici-bas pour vivre et bien vivre, largement,
simplement, honnêtement; pour dépenser son ac-
tivité dans le sens le plus profitable, le plus utile
à lui-même et à ceux qui l'entourent; pour accom-
plir, en un mot, sa mission de travail fécond et
salutaire sous l'œil d'un Dieu bon auquel, en le
bénissant, il se doit confier sans réserve. Les âmes
tendres et sentimentales éprouveront toujours de
la peine à comprendre Rabelais. Outre qu'elles
sont choquées par son laisser-aller, il est trop
égal, trop rassis pour leur plaire. Cet équilibre
mental, digne d'un péripatéticien, les scandalise
et les refroidit. Un cœur ferme, au contraire, lui
reconnaîtra pour principal mérite d'être essentiel-
lement humain, de pouvoir, avec plus de vérité
que beaucoup d'autres, s'appliquer le vers du
poëte :

Homo sum : humani nihil a me alienum puto (1).

C'est à ce titre qu'il y a en lui un moraliste de premier ordre auquel rien n'échappe :
moraliste plaisant, moraliste sévère, si étroitement accolés l'un à l'autre qu'on croit toujours
entendre retentir les saillies du premier au milieu
des enseignements du second. Chose remarquable,
en effet, il instruit autant qu'il bafoue. D'une
main, il met la plaie à nu; de l'autre, il s'applique

---

(1) Térence, *Heautontimorumenos.* Acte I, scène I, vers 77. « Je suis
homme ; rien de ce qui est humain ne m'est étranger. »

à la fermer. Faire haïr le vice n'est pas assez ; il montre le chemin de la vertu. C'est plus qu'on n'a tenté depuis. La Rochefoucauld, La Bruyère, Vauvenargues, le grand Pascal lui-même nous indiquent où ils aperçoivent le mal, mais ils semblent éviter de nous apprendre par où l'on peut aller au bien. Rabelais, à travers tout, nous y conduit. Je n'en veux d'autre preuve que le plan d'éducation qu'il a tracé. Cela s'appelle vraiment moraliser. On pourrait, avec quelque patience et quelque intelligence du sujet, extraire de son œuvre quantité de maximes, d'exhortations, de conseils marqués au coin de la morale la plus élevée et de la plus scrupuleuse sagesse. La pensée s'y arrête avec étonnement et satisfaction à mesure qu'elle les découvre ; perles précieuses malheureusement ensevelies sous le fumier !

On en tirerait aussi des morceaux d'une éloquence achevée et d'une poésie majestueuse ou délicate (1). Me pardonnera-t-on d'en citer deux pour justifier ce que j'avance ? Il est arrivé fréquemment aux poëtes d'entretenir leurs lecteurs de cet état inexplicable auquel l'homme est quotidiennement soumis et que nous nommons le rêve. Ils se sont répandus à ce sujet en mille chants doux ou plaintifs, en mille comparaisons ingénieu-

---

(1) Quand je parle de sa poésie, je n'entends pas parler des quelques vers, presque tous médiocres, qui se rencontrent çà et là dans son livre et qui sont, d'ailleurs, fort peu poétiques.

ses; en ont-ils jamais inventé de plus heureuse
que celle de Pantagruel? « Quand vous voyez, »
dit-il, « lorsque les enfans bien nettis, bien repuz
» et alaictés, dorment profondement, les nour-
» rices s'en aller esbattre en liberté, comme pour
» icelle heure licentiées à faire ce que voudront,
» car leur presence autour du bers sembleroit inu-
» tile. En ceste façon, nostre ame, lorsque le corps
» dort,.... rien plus n'y estant necessaire jusques
» au reveil, s'esbat et revoit sa patrie, qui est le
» ciel. De là, reçoit participation insigne de sa
» prime et divine origine; et, en contemplation de
» ceste infinie et intellectuelle sphere, le centre de
» laquelle est en chascun lieu de l'univers, la cir-
» conference point, (c'est Dieu...,) à laquelle rien
» ne advient, rien ne passe, rien ne dechet, tous
» temps sont presens, note non seulement les cho-
» ses passées en mouvemens inferieurs, mais aussi
» les futures (1)... » Se peut-il rien de plus charmant et de plus grandiose tout à la fois? Savou-
rons encore cette délicieuse image : « Cupido,
» quelques fois interrogé de sa mere Venus pour
» quoy il n'assailloit les Muses, respondit qu'il les
» trouvoit tant belles, tant nettes, tant honnestes,
» tant pudicques, et continuellement occupées...
» que approchant d'elles, il desbandoit son arc,
» fermoit sa trousse et exteignoit son flambeau,

(1) Liv. III, ch. XIII.

3

» par honte et crainte de leur nuire. Puis ostoit
» le bandeau de ses yeulx pour plus apertement
» les voir en face, et ouir leurs plaisans chants et
» odes poëtiques. Là prenoit le plus grand plaisir
» du monde. Tellement que souvent il se sentoit
» tout ravy en leurs beautés et bonnes graces et
» s'endormoit à l'harmonie (1)... »

Il n'y a pas à dire : c'est bien là de la plus pure,
de la plus suave poésie. J'ai tenu à reproduire ces
quelques lignes, précisément parce qu'elles renferment à un très-haut degré un genre de beauté en
contradiction absolue avec celui qu'on a coutume
d'attendre de leur auteur. Rabelais, avouons-le,
est en général peu connu par ce côté. Peut-il s'en
prendre à d'autre qu'à lui-même s'il a « esleu
» gazouiller et sifler oye entre les cygnes (2), »
comme il le déclare innocemment. C'est grand
dommage, car sa gloire y perd plus d'un de ses
rayons. Pour la plupart, son nom est devenu
synonyme de goinfrerie, d'épais sensualisme, de
licence et d'oubli de soi-même; si bien, qu'on
éprouve le besoin de protester contre cette inique
appréciation. Très-certainement beaucoup de ceux
qui en parlent de la sorte n'ont eu le plus souvent
avec lui qu'un commerce infiniment superficiel,
si tant est même qu'ils l'aient lu. Ils le jugent sur

(1) Liv. III, ch. XXXI.
(2) Prologue du liv. V.

l'étiquette du sac, et c'est là justement ce qu'on doit faire pour un pareil écrivain moins encore que pour tout autre. Sans doute on trouve amplement dans son œuvre de quoi légitimer la fâcheuse réputation qu'il s'est attirée; mais ce n'est là qu'une enveloppe où le lecteur attentif s'arrête à peine un moment. Il est le premier à le lui recommander : « Fault ouvrir le livre, » dit-il, « et soigneusement » peser ce que y est deduict..... Les matieres icy » traictées ne sont tant folastres comme le tiltre au » dessus pretendoit (1). » On s'aperçoit alors avec stupéfaction que ce forcené buveur prêche la tempérance, ce paresseux le travail, ce débauché la retenue, cet impie l'amour de Dieu (2). Seulement, il ne veut plus de l'ascétisme infécond, de la sophistique, de la pruderie, de la bigoterie; et, comme il les traque sans miséricorde, les illuminés, les pédants, les cuistres et les faux dévots d'une commune voix ont crié au scandale.

C'est pourquoi j'estime qu'il y aurait inconvénient à entreprendre de trop bonne heure la lecture de Rabelais. Celui qui l'aborde d'un esprit léger risque non-seulement de ne pas le comprendre, mais, ce qui est plus dangereux, d'en fausser le

(1) Prologue du liv. I.

(2) Après la lecture de ce travail, il deviendra malaisé, si je ne me trompe, de s'expliquer le reproche d'athéisme que formulèrent contre Rabelais ses plus âpres ennemis, à moins que leur mauvaise foi ne suffise à les excuser.

sens et partant de se fausser les idées. Ce n'est
point à dire que, même aux pires endroits, il soit
d'un contact absolument malsain. Il est libre, li-
cencieux, grossier, ordurier, cynique si l'on veut :
immoral et corrompu jamais. L'atmosphère qu'on
respire chez lui est souvent très-peu parfumée ;
elle n'est ni pestilentielle, ni empoisonnée ; si elle
affecte l'odorat, du moins elle n'attaque pas les
poumons. « Son obscénité est naïve (1), » a-t-on observé justement. Elle lui nuit, c'est incontestable,
non toutefois au point de lui enlever des lecteurs.
Les femmes seules, retenues qu'elles sont par la
réserve naturelle à leur sexe, doivent renoncer à
l'ouvrir tant qu'on persistera à leur en refuser une
édition acceptable. Mais, en dehors d'elles, chacun
peut et doit s'en approcher. A la vérité il y faut
quelque précaution, un guide sûr, un avertissement préalable, et, par dessus tout, le ferme désir
d'aller au sérieux, que du reste on rencontre assez
vite. Moyennant ce, Rabelais n'est nullement à
craindre ; il ne tarde pas à toucher, à émouvoir, à
forcer la réflexion, et, dès lors, tout son bagage
macaronique est oublié. On rit encore, mais on
commence à s'intéresser ; on s'étonne, on pense,
jusqu'au moment où l'on admire et ne rit plus.

Mieux vaudrait, sans contredit, que maître Alcofribas Nasier se montrât moins souvent et sût

(1) Le mot est de Galiani.

garder un certain décorum. « Le plus grand tort
du génie, » a dit excellemment M. Villemain en
parlant de Montaigne, « c'est de faire rougir la
pudeur et d'offenser la vertu (1). » Mais, l'exemple
et le nom de Montaigne sont là pour nous en faire
souvenir, nous sommes au seizième siècle. Prenons
garde de tomber de la sévérité dans l'injustice en
appliquant aux mœurs de cette époque la norme
qui régit nos mœurs actuelles. Autres étaient alors
le goût et la délicatesse de nos ancêtres. Ils usaient
dans leurs actes et leurs discours d'une liberté dont
nous ne parvenons à nous faire une juste idée
qu'en feuilletant les chroniques et les mémoires du
temps. Ils avaient le rire haut, large et libre, tandis
que c'est à peine si nous nous permettons de sourire à présent. Tels divertissements et tels entretiens
étaient de mise à la cour de nos rois dont le dernier des goujats rougirait aujourd'hui. Sous François Ier, on dépouillait à peine la rudesse féodale.
La brutalité des termes, la crudité des expressions
n'offensaient personne. L'atticisme, la politesse,
que des hommes de bonne compagnie et des femmes supérieures ont graduellement et à la longue
introduits dans notre langue ne l'avaient pas encore pénétrée. C'était un rameau à demi sauvage,
riche de séve et de verdeur, dont les pousses
s'élançaient à l'aventure sans souci du *qu'en*

_____

(1) Eloge de Montaigne.

dira-t-on ; une jeune muse, pleine de piquant et d'imprévu, de jeunesse et de simplicité, un peu rieuse, un peu court vêtue, mais ne pensant pas encore à mal. Les poëtes, les prosateurs qui la maniaient ignoraient l'art de reculer devant le mot ou celui plus grand encore des sous-entendus, et bravaient l'honnêteté sans le moindre scrupule. Marot, Bonaventure Des Perriers, la reine de Navarre, plus tard Brantôme, Montaigne et Régnier écrivent comme on parle autour d'eux, ne se doutant guère qu'à deux ou trois siècles de distance, un public, devenu plus exigeant et plus raffiné, condamnera les audaces de leur plume et le déshabillé de leurs compositions. Rabelais n'est pas le moins excusable parmi eux; il n'est point frivole comme Marot, irréligieux comme Des Perriers, graveleux, ni impudique comme le seigneur de Bourdeilles. Les saletés où il trébuche et s'égare ne sont pas la raison d'être de ses écrits. Il les débite au surplus avec une telle bonhomie, qu'il n'y a nul moyen de se fâcher. Il y met un tel feu, une telle gaieté qu'on lui pardonne. — Oui, mauvaise pièce, sommes-nous tentés de crier à Panurge, ton inextinguible hilarité, ta raillerie exubérante et inépuisable, ton insouciance frondeuse, ta fertilité de moyens, de ressources et de ruses, tes joyeuses reparties, ta mimique extravagante, ton singulier accoutrement, ton inaltérable bonne humeur nous font passer sur la grossièreté de tes paroles, l'énormité de ton épicuréisme, l'irrévérence de tes comparaisons et le sans-gêne de tes mœurs. Tu es bien un libre produit de la muse gauloise, et, quitte à ne pas nous oublier dans ta fréquentation, nous prenons plaisir à saluer en toi un vrai compatriote étourdissant de verve et d'originalité. — En inventant Panurge et tous les grotesques qui lui font cortège, Rabelais a su atteindre des effets du plus haut comique, suffisants pour le faire absoudre des reproches dont plusieurs n'hésitent pas à l'accabler. Mais ses défauts, si énormes qu'ils paraissent, reçoivent d'autre part, on a pu s'en convaincre, une atténuation à peu près complète du milieu où ils se sont développés. Avant de lui jeter la pierre, tâchons de comprendre à quel point ce milieu diffère du nôtre ; demandons-nous ce qu'il adviendrait de nos jours d'une princesse écrivant l'*Heptaméron*, d'un moine publiant *Pantagruel*, ou d'un gentilhomme osant raconter la *Vie des dames galantes*. Toutes ces considérations doivent entrer en ligne de compte, lorsqu'il s'agit de peser les fautes d'un aussi remarquable génie. Il est relativement plus facile de s'élever au-dessus de ses contemporains par le fond que par la forme ; la première condition pour réussir auprès d'eux est de s'en faire écouter, et pour cela il est indispensable de parler la même langue. Autant, à mon avis, on est porté à l'indulgence pour les écarts où le naturel tient la première place, autant on devient intraitable

dès qu'on les sent prémédités. L'auteur de *Can-
dide*, laissant volontairement tomber de sa plume
une indécence calculée, est cent fois plus à blâ-
mer que celui de *Gargantua* lorsqu'il accumule à
plaisir ses douteuses équivoques.

Parmi les sources du franc rire auquel ce dernier nous convie, il en est une que je voudrais
plus particulièrement mettre en lumière parce
qu'elle lui est entièrement propre et qu'il s'en
pourrait proclamer l'inventeur. Elle réside dans
cette aptitude à faire et dire avec gravité les choses les plus bouffonnes; genre dans lequel nos voisins d'outre-Manche se sont créés une spécialité et
qu'ils appellent l'*humour*. A chaque pas l'humour
abonde chez Rabelais; elle s'y étale en maint chapitre et lui fournit l'occasion de déployer une ironie d'autant plus sûre qu'elle se dérobe davantage.
Les plaidoiries des deux seigneurs devant Pantagruel et le jugement par lequel celui-ci les couronne (1) en seraient déjà un assez bel échantillon;
mais où elle arrive à son apogée, c'est dans la mi-
rifique défense que produit le juge Bridoye en
plein parlement de Myrelingues. A chaque objec-
tion du président, abasourdi d'entendre ce magis-
trat d'une nouvelle école confesser le singulier
moyen qu'il emploie pour vider les procès, l'excellent Bridoye, sans se déconcerter, de répondre son

_____

(1) Liv. II, ch. XI à XIII.

éternel : « Comme vous autres, messieurs (1). »
Refrain caustique et sardonique, rempli de feinte
bonhomie et de finesse habilement sournoise! En
vérité, le sérieux dans la plaisanterie ne fut jamais
poussé plus loin. Ce ne sont là que des spécimens;
il y a cent autres fragments à citer dans le même
genre. Je signale ceux-ci à cause du développement exceptionnel qu'ils prennent dans l'ouvrage,
de leur parfaite convenance et de la parenté très-
proche qu'ils accusent avec le flegme britannique.
Sterne, l'humoriste par excellence, ne s'y était
pas trompé et rendait à Rabelais un culte des plus
fervents. Dans son *Tristram Shandy*, il lui em-
prunte fréquemment sa manière, il le copie et va
jusqu'à en reproduire à la lettre des passages entiers qu'il adapte à ses thèses paradoxales et drô-
latiques (2). Mais les Anglais ont exagéré le procédé. Leur gravité se gourme et se tend si fort
qu'elle se transforme en impassibilité. Rien ne les
déride; ils nous glacent, nous déroutent, nous
laissent indécis entre le doute et la crédulité. Notre grand railleur français a beaucoup mieux gardé

(1) Liv. III, ch XXXIX à XLIII.

(2) *Tristram, Shandy passim*. V. notamment ch. LXXXII, ch. CXLIV,
ch. CCXLVII et ch. CXLVII. Dans ce dernier chapitre, Sterne copie *in
extenso* la plus grande partie du chapitre XXXV de *Gargantua*. Il assi-
mile par raillerie les luttes stériles des *théologiens polémiques* au combat
singulier de Gymnaste et du capitaine Tripet, dans lequel l'extravagant
écuyer déploie fort inutilement une si merveilleuse souplesse. Dans le
chapitre LXIII, il jure *par les cendres de son cher Rabelais*.

la mesure. On sait à quoi s'en tenir avec lui; il n'a jamais l'air de croire tout à fait aux excentricités qu'il imagine ; et derrière chaque buisson du chemin, la raison aux aguets ne se cache pas si soigneusement qu'on ne puisse l'apercevoir ou à tout le moins la deviner.

La légèreté de sa démarche nous empêche, du reste, de nous attarder en route. Les mots volent, les phrases ont des ailes. Précurseur de Voltaire et de Beaumarchais, il a le trait vif, rapide, à l'emporte-pièce. Rondibilis, le médecin, se retire après avoir donné sa consultation; Panurge lui glisse dans la main, « sans mot dire, quatre no- » bles à la rose. Rondibilis les prit tres bien, puis » luy dist en effroy, comme indigné : He, he, he, » monsieur, il ne falloit rien. Grand mercy toutes » fois... Je suis tousjours à vostre commandement. » En payant, dist Panurge. Cela s'entend, res- » pondit Rondibilis (1). » Figaro eût-il mieux riposté ? Quelle désinvolture ! quelle prestesse ! quel relief, aussi ! et comme une fois logées dans l'esprit ces choses-là n'en sortent plus !

Il n'est pas jusqu'au français dans lequel elles sont écrites qui ne contribue à les y graver plus profondément. Certes le seizième siècle ne saurait à cet égard être comparé aux belles époques littéraires qui l'ont suivi. Son vocabulaire est âpre et

(¹) Liv. III, ch. XXXIV.

sa syntaxe enfantine ; toutefois, dans son imper-
fection même, la langue qu'il parle a pour nos
oreilles je ne sais quelle harmonie rustique qui
nous repose agréablement des pompes et de la majesté du style de nos grands classiques. Elle rend
des sons auxquels nous avons cessé d'être habitués
et dont quelquefois il nous prend envie de regretter
le charme disparu. Avec Rabelais nous la possé-
dons sous sa forme la plus primitive ; car, déter-
miné à sauver l'idiome de son pays du courant de
grécisme et de latinité qui menaçait de l'envahir,
il remonta vers le passé, cherchant les tournures
anciennes et affectant de vouloir rendre à la cir-
culation certains mots déjà vieillis. Ce ne fut point
de sa part mépris de l'antiquité ; ce fut conscience
de la valeur d'un instrument trop déprécié par
Ronsard et la Pléiade (1). Ici, comme en bien
d'autres cas, il vit juste et de loin. Son respect
pour la langue maternelle éclate avec une force
irrésistible : « Je prouveray, » s'écrie-t-il indigné,
« en barbe de je ne sçay quels... rappetasseurs de
» vieilles ferrailles latines, revendeurs de vieux
» mots latins moisis et incertains, que nostre lan-

(1) « Il n'y eut contre le courant dévastateur de résistance que parmi
» les hommes qui étaient en dehors du cercle littéraire, les libres pen-
» seurs tels que Rabelais et Montaigne, les militaires, les diplomates, les
» femmes qui nous ont laissé tant et de si belles choses du seizième siè-
» cle. La pensée fut puissante, mais la littérature proprement dite fai-
» blit, écrasée qu'elle fut par l'invasion de l'antiquité. » Littré, *Histoire
de la langue française*, t. I, p. 304.

» gue vulgaire n'est tant vile, tant inepte, tant
» indigente et à mespriser qu'ils l'estiment (1). »
Et il les couvre de ridicule au moyen de l'impos-
sible jargon que dégoise son « escolier limousin, »
lequel déclare emphatiquement arriver en droite
ligne « de l'alme, inclyte et celebre academie que
» l'on vocite Lutece (2). » Avec lui la langue est
déjà formée. Calvin sera plus nerveux, Amyot
plus correct, Montaigne plus élégant et plus disert.
Aucun ne le surpasse en facilité, en précision, en
abondance, en épanouissement et en franchise.

Que de mérites divers et qu'un génie aussi univer-
sel était bien digne d'occuper la place que ses petits
neveux lui ont réservée dans le Panthéon national! Quelle figure attachante et sympathique!
Comme on apprend vite à l'aimer, cet homme aux
allures si simples, si primesautières, si dégagées;
cet esprit au tour si original et si fantasque; cette
intelligence si déliée, si puissante et si comique
tout ensemble! Où trouver une palette assez riche,
un pinceau assez souple pour représenter les mille
facettes de cet étrange tempérament. Il faut ouvrir
et étudier en se l'appropriant son œuvre, qui défie
toute analyse, qu'il serait insensé de vouloir résumer, et dont la critique peut uniquement encou-
rager ou faciliter l'approche par quelques avis pré-
liminaires et quelques aperçus généraux. Il faut

(1) Prologue du liv. V.
(2) Liv. II, ch. VI.

éclairer cette lecture à l'aide de sa biographie
heureusement reconstituée et qui, nous le mon-
trant tel qu'il fut, nous permet de mieux saisir les
rapports de l'homme avec son œuvre. Après cela
seulement on pourra se vanter de connaître Rabelais. Et ne soyons pas surpris du travail appro-
fondi qu'il nous impose si nous voulons le pénétrer, ni de l'impossibilité où il nous met de le
définir exactement. Nous sommes aux prises avec
une des individualités les plus caractéristiques de
son siècle. Il en fut l'un des premiers savants. Il
parcourut toutes les avenues des connaissances hu-
maines et s'avança dans chacune d'elles aussi loin
que le permettait l'état général de la science.
Théologie, philosophie, jurisprudence, histoire,
belles-lettres, sciences naturelles, médecine, ma-
thématiques, astronomie : rien ne lui est étranger.
Son érudition universelle, il la sème à pleines
mains, sans ordre ni méthode, avec une superbe
insouciance, par plaisir, par caprice, par habitude dans le plus singulier, le plus décousu, le
plus contradictoire des écrits. Son livre est une
véritable encyclopédie où se heurte et se mêle
tout un monde de faits, de souvenirs, de renseignements et d'anecdotes ; un kaléidoscope animé
où l'humanité entière défile, traînant après elle
ses vertus et ses vices, ses hontes et ses gloires,
ses défaillances et ses bons vouloirs, ses folies et
ses repentirs. On s'est escrimé à en faire sortir

tout un système d'allusions à outrance ; on a inventé à grand renfort d'imagination une clé permettant de retrouver Henri II sous les traits de *Pantagruel* et le cardinal d'Amboise sous le masque de *Panurge*. Puérilité que tout cela! Rabelais n'est point un chroniqueur de cour abritant de piquantes ou de scandaleuses révélations derrière le manteau de ses fables. Il ne cache dans les plis trompeurs du vêtement que la vérité elle-même, telle qu'une longue fréquentation de ses semblables, une observation attentive et soutenue des caractères, des ambitions, des événements la lui ont révélée. Curieux, intelligent, admirablement doué, il a beaucoup lu, beaucoup voyagé, beaucoup vécu ; il a frayé avec les grands, sondé les ressorts de leur politique, étudié de près le jeu des passions, combattu pour l'indépendance de sa pensée et terminé sa carrière dans la retraite et le repos. Le cœur humain n'a plus de secrets pour lui. Ame généreuse et forte, organisation riche et puissante, capable à son gré de se perdre dans le détail et d'en sortir, la trempe de son esprit, la vivacité de sa compréhension, l'ampleur de sa pensée, jointes à de laborieuses et constantes études, lui ont fait acquérir cette supériorité intellectuelle et morale, cette conception philosophique des choses, sans laquelle il n'est pas de vraie grandeur : sorte de vue d'ensemble donnant à qui la possède la faculté de planer au-dessus du temps

et de l'espace, de contempler le monde d'en haut,
d'embrasser en un mot cet horizon qu'il est interdit
aux foules d'apercevoir. Voilà ce que fut Rabelais
et ce qu'il fit; car son œuvre, au fond, n'est autre
chose que lui-même causant, discutant et jugeant,
mais causeries, discussions et jugements sont d'un
homme de génie.

Je ne vois personne à qui le comparer. Des
égaux, des semblables, il n'en a pas. Des pré-
curseurs, ce n'est guère la peine d'en parler tellement il les éclipse et les relègue dans l'ombre. Des
imitateurs : ou ils n'ont été que de plats copistes
et d'impudents plagiaires, ou les grands talents
qui se sont inspirés de son esprit y ont tant ajouté
du leur qu'ils ne lui ressemblent que par un bien
petit nombre de traits. S'il fallait trouver un pendant à ce créateur unique en son genre, force serait de l'aller chercher à ses antipodes. Plus, en
effet, la dissemblance est marquée lorsqu'il s'agit
des œuvres de la pensée, plus la relation bien
souvent devient étroite. C'est en cette matière
surtout qu'on peut dire que les extrêmes se touchent et que les contraires s'attirent. Il y a des
rapports d'opposition aussi réels, aussi frappants
que des rapports de similitude. Une âme claire et
gaie, ouverte au rire et à la joie, jettera sur le
cours de la vie un œil indulgent et se sentira
portée, à la vue des petites misères d'ici-bas, vers
les régions de la moquerie et du comique. Une

âme sombre et triste, penchée vers le deuil et les
larmes, fixant de son regard austère les fluctua-
tions de l'existence, se laissera envahir, au spectacle des catastrophes dont elle est semée, par les
émotions les plus tragiques. Ces impressions, si
elles germent et se développent dans deux cer-
veaux également robustes, donneront naissance
chez l'un à l'épopée rabelaisienne, chez l'autre à
l'épopée dantesque.

Dante est le contraire de Rabelais. Il se dresse
au milieu du moyen âge comme le donjon du mysticisme; il représente l'idéal de sentiment qui est
la foi et l'amour; il règne avec la terreur; il sème
après lui l'épouvante, et, se détachant de plus
en plus de la terre, s'envole en haut du
ciel, les yeux fixés sur ceux de l'immatérielle
Béatrix. Rabelais se plante sur la rive des temps
modernes, tel qu'un phare de lumineux examen;
il proclame l'idéal de raison qui est la justice et la
loi; il gouverne avec la gaieté; il répand après lui
l'allégresse, et, s'éloignant de plus en plus des cieux,
s'enfonce au sein de la terre, absorbé dans la contemplation de la « dive bouteille. » Celui-là glo-
rifie le renoncement, l'immolation, le sacrifice :
celui-ci exalte la bombance, le triomphe des sens
et l'assouvissement de la chair. Le premier condamne la matière : le second s'ingénie à la cou-
ronner. Ils courent chacun aux deux pôles de l'axe
qui supporte l'humanité; ils sont la résultante et

l'incarnation des deux forces qui se la disputent. Après s'être élancée dans un sens à l'appel de l'un, elle se rejette brusquement en arrière aux accents de l'autre. Ils grossissent, en effet, leur voix afin d'être mieux entendus; ils exagèrent leur principe, à tel point que s'il n'existait au plus intime de leur conscience un sentiment très-exact de nos droits et de nos devoirs, qui est comme la boussole et le régulateur de leur génie, ils iraient à la dérive et se perdraient inévitablement. La distribution de leur poëme continue ce contraste. Celui de Rabelais n'est qu'imprévu, hasard, désordre fantasque; celui de Dante procède avec une rigoureuse méthode, une régularité de forme et de composition qui ne se démentent jamais. Tous deux se complaisent aux allégories, mais elles sont sinistres ou bibliques chez le Florentin, facétieuses et burlesques chez le Tourangeau. Tous deux frappent leurs ennemis; mais pendant que d'un côté ils sont maudits et cruellement torturés par de tragiques supplices, de l'autre on se contente de les larder et de les fouetter de ridicule. Tous deux condamnent la simonie, les exactions, les turpitudes d'un clergé dissolu; mais l'un en plaisante, l'autre s'en indigne. La haine et le mépris de tout ce qui est bas et vil n'ont jamais revêtu de formes plus opposées et plus saisissantes. Un seul point qui leur soit commun est l'étendue, la sincérité de leur savoir, l'usage qu'ils font de leur érudition

4

respective. La *Divine Comédie* contient en substance tout ce que l'on savait au début du quator-
zième siècle, comme *Pantagruel* et *Gargantua*
renferment l'abrégé des connaissances auxquelles
on pouvait atteindre dans la première moitié du
seizième. On pourrait dire aussi que l'influence décisive exercée par le poëme de Dante sur la forma-
tion de la langue de son pays a eu quelque chose
d'analogue, quoique à un moindre degré, dans
l'efficacité du livre de Rabelais pour l'établissement définitif de la langue française. En résumé,
ils appartiennent l'un et l'autre à cette race de
fiers génies qui ne doivent rien qu'à eux-mêmes
et n'empruntent rien à autrui. Ils ont véritablement créé. Le sillon creusé par eux a laissé sa
trace indélébile au milieu du champ de la pensée,
dont il traverse, en des directions opposées, les
deux hémisphères ; et d'où qu'on s'y prenne pour
les franchir, on peut être sûr de le rencontrer.
Ai-je eu tort de les rapprocher ? Est-ce un vain ar-
tifice, un simple jeu de l'esprit d'où il n'y ait nul
gain à retirer ? Je ne le pense pas. Du choc de ces
âmes supérieures s'échappe l'étincelle qui nous il-
lumine. Savoir les confondre dans une même
admiration, après en avoir détaillé les beautés si
diverses, c'est faire preuve, à mon avis, de lar-
geur et d'élasticité ; c'est se mettre en état de
mieux sentir, de mieux comprendre l'universalité
des chefs-d'œuvre engendrés par l'esprit humain.

Qu'est-ce en définitive, à prendre les choses de haut, que les produits supérieurs de la pensée, sinon des modes successifs de l'âme humaine, toujours une malgré son infinie diversité ? Tantôt nous la voyons, sous l'étreinte du divin qui l'obsède, émue et frissonnante des visions qu'elle-même s'ingénie à créer, appliquer tous ses soins, toute son énergie à leur donner un corps ou un fantôme de vraisemblance. Victime du surnaturel qu'il lui plaît de concevoir, dupe d'un cauchemar volontaire qu'elle s'impose, elle cesse alors de s'appartenir et déserte ce monde pour des régions incertaines et fantastiques. Tantôt, esclave du bon sens, on la surprend qui redevient maîtresse d'elle-même, qui calme ses fièvres, ouvre les yeux sur le réel, et, penchée vers lui, l'interroge avec une véhémente curiosité. La raison reprend aussitôt ses droits que l'imagination lui avait ravis ; le jour se lève, la lumière éclate, les mauvais rêves s'évanouissent, et les magiques splendeurs du songe immortel, hélas ! disparaissent du même coup. Dans cette confuse tragédie aux mille acteurs et aux mille tableaux, il semble que notre rôle à nous, fils de la vieille Gaule, ait été de préserver l'humanité, au péril de nos jours, contre les charmes d'un trop dangereux sommeil. C'est nous qui, entre tous les peuples, fûmes choisis pour faire la clarté. Pendant trois siècles consécutifs nous travaillâmes sans repos ni trêve à sortir le monde de

son nuage ; et lorsqu'enfin apparut le soleil de vérité, nos regards tout à coup éblouis se fermèrent
comme s'ils n'en pouvaient soutenir l'éclat. Rabelais n'est pas le moins téméraire parmi nos pion-
niers aventureux ; ce qu'il a dissipé d'obscurités et
de ténèbres est incalculable. C'est lui qui pratiqua
la première percée où deux cents ans plus tard
retentit à toute heure la sape infatigable d'Arouet.
Par lui, grâce à lui, l'homme se retrouve, se ras-
sure, reprend pied ; la conscience de sa force lui
est revenue ; il apprend à ne plus compter que sur
lui-même. Il perd sans doute de vue le *Paradis* ;
mais du moins n'a-t-il plus rien à redouter de
l'*Enfer*. Un mot peut résumer ce parallèle (et je
le prononce au risque d'entendre qualifier de pure
logomachie les réflexions précédentes par ceux
qui n'auraient pas cru devoir leur faire l'honneur
d'une lecture suffisamment attentive), Dante a mis
en scène la *Divine* et Rabelais l'*Humaine Comédie*.

II

On vient en partie de le voir, les choses humai-
nes ont deux faces : l'une grave, noble et sereine ;
l'autre comique, triviale et grimaçante. Le même
objet, selon le côté par où il est observé, surtout
selon l'humeur de celui qui l'observe, peut provo-
quer tour à tour la tristesse ou la gaieté, le rire
ou les pleurs, l'attendrissement ou la raillerie. Et
non-seulement l'humanité se trouve placée dans
cette étrange alternative de s'émouvoir ou de se
moquer, mais il dépend d'elle de l'accentuer ou de
l'accroître par un retour sur sa propre pensée, ri-
diculisant ses émotions à l'aide du dangereux
secours de ses sarcasmes. Oui, l'homme possède
seul, et n'oserait attribuer à Dieu lui-même cette
faculté, singulière et problématique entre toutes,
de rire de soi, d'éteindre son enthousiasme sous le
jet de son ironie, de s'exalter et de se rasseoir,
de grandir ses passions, ses vertus, ses espérances, pour ensuite les rabaisser au point de les mau-
dire ou de les anéantir. Ne nous en plaignons pas.

Il faut un contre-poids aux vivacités troublantes
de notre âme. Le sentiment lutte sans relâche en
ses profondeurs avec l'implacable raison, et de
même qu'il s'empare de tous les prétextes pour lui
échapper, elle saisit toutes les occasions et revêt
toutes les armures pour le combattre. Dans cette
antinomie qui va du sérieux au bouffon à travers
tous les degrés intermédiaires, se montre à décou-
vert le secret de notre nature dont l'équilibre est
à la fois la conséquence et la synthèse d'une telle
contradiction. Cette double manière de voir et de
sentir influe puissamment sur la littérature des
peuples. Elle y détermine deux courants, deux
tendances, j'allais dire deux écoles, bien distinc-
tes : l'une de pure poésie héroïque ou doulou-
reuse, tendre ou mélancolique; l'autre de satire
malicieuse ou mordante, pleine d'amertume et de
désenchantement. Dans l'antiquité ces genres se
coudoient sans se confondre. Sophocle n'a rien à
démêler avec Aristophane, Virgile avec Plaute ou
Juvénal. Il en est de même pour nos grands classiques qui puisèrent leurs meilleures inspirations
au foyer de la beauté grecque. Le domaine de Cor-
neille et de Racine se distingue à merveille de
celui de Molière. La ligne de démarcation est net-
tement tracée. Tragédie d'un côté, comédie de
l'autre : ici l'on pleure, plus loin on rit; pas de
méprise possible. Ce sont là de bien grands artistes
qui remuent énergiquement le cœur humain, cha-

cun par des moyens différents et dont on doit admirer les créations supérieures. Mais n'est-il pas en dehors d'eux une autre méthode, un autre procédé, si j'ose ainsi parler, susceptibles de toucher aussi sûrement et plus vivement peut-être? Peindre l'homme dans sa réalité, entre la grandeur des sentiments et la mesquinerie des instincts, en proie aux dures misères de l'existence, en lutte contre lui-même et contre ses semblables; mêler aux larmes qu'il répand les éclats de la gaieté d'autrui et ceux de ses propres ricanements; opposer la ruse à la force, la vilenie à la noblesse, la couardise au courage, l'égoïsme au dévouement; étaler l'envers des choses, le vide des honneurs, les blessures de l'orgueil, les mécomptes de la vanité, les illusions de l'amour, et tirer de tous ces contrastes une sorte de philosophique résignation où perce comme une secrète douleur l'impossibilité de résoudre l'énigme éternelle de notre origine et de notre destinée : voilà bien de nouveaux accents, une langue, une mélodie nouvelles, le drame enfin, tel que l'a enfanté Shakespeare, tel qu'il nous est difficile après lui de le concevoir autrement. Or, il faut le reconnaître, son pathétique enchanteur découle justement de la combinaison savante de ces courants opposés d'héroïsme et d'ironie, d'élévation et de vulgarité, d'imagination et de réflexion qui se partagent le monde. L'homme à qui revient en partie l'honneur de les

avoir, pour la première fois, rapprochés et fon-
dus, celui qui sut tirer avant tous de leur réu-
nion les éléments essentiels dont elle est la source,
je n'hésite pas à l'affirmer, ce fut Rabelais. Non
certes qu'il ait jamais pris là vie au tragique, —
son œuvre aurait dans ce cas revêtu le caractère
dramatique, et il lui fait totalement défaut; —
mais il a osé l'accouplement des contraires, il en
a fait la base de son poëme, et par là il s'est ré-
vélé grand maître et a véritablement innové. Dans
cette voie qu'il a inaugurée, d'autres obtinrent
ensuite d'éclatants triomphes par l'emploi d'admi-
rables ressorts que sans aucun doute il n'avait ni
expérimentés, ni même prévus; ce n'est pas une
raison pour oublier qu'il la découvrit. Il serait injuste de ne pas se souvenir qu'il la leur a frayée
au prétexte qu'il s'est arrêté en route. Sa remarquable et féconde conception s'est incarnée en un
type de noblesse, de loyauté, de vaillance, de
bonté généreuse, auquel il associe un type de bas-
sesse, de fourberie, de lâcheté, de méchant
égoïsme. Il dédouble ainsi la nature humaine pour
en ressaisir et en faire contraster les deux aspects.
La médaille est entière, magistralement frappée :
face et revers. Ici beauté, là laideur de l'âme; ici
sagesse, là folie ; ici travail, droiture, honneur,
là mépris de soi-même, fausseté, fainéantise ; ici
respect, là moquerie irrévérencieuse et cynique.
Autant Pantagruel s'élève, autant Panurge se ra-

vale. Pris isolément, chacun d'eux est un homme
très-vivant et très-réel ; celui-ci rempli de vices,
celui-là de vertus : réunis ils constituent l'humanité. Aussi, par un trait de génie, ces deux figures
si disparates, qui devraient se repousser et qui
semblent s'exclure, s'attirent-elles l'une l'autre in-
vinciblement, se joignent, se complètent, s'harmonisent au point de devenir inséparables et de
ne pouvoir plus être détachées en dépit de tous
nos efforts pour y réussir. Chaque qualité appelle
en effet son contraire qui est un défaut, chaque
défaut implique l'existence d'une qualité, et leur
mélange concourt à former la personnalité humaine, qui n'est pas plus exclusive des unes que
des autres. Les deux héros s'aiment et se recher-
chent : Pantagruel est plein de condescendance
pour Panurge, Panurge plein d'admiration pour
Pantagruel ; mais la familiarité du premier ne va
pas sans une nuance de critique, la courtisanerie
du second sans un grain de raillerie. On a fait
cette réflexion que les plus honnêtes gens ne détes-
taient pas de s'encanailler et que les coquins pri-
saient fort le commerce des honnêtes gens. C'est
un peu le cas de nos personnages. L'attrait qui les
rassemble ne fait pas davantage perdre au maître
de sa dignité, qu'il ne porte le serviteur à s'amé-
liorer au contact du maître. Chacun reste dans son
rôle : Pantagruel, grand prince éclairé, pieux et
débonnaire ; Panurge, parasite facétieux, impie

et fripon. Le dialogue s'établit entre eux, éloquent, sensé, décent, vertueux d'une part ; de l'autre trivial, bouffon, ordurier, dépravé. Actes et discours, tout est grave et sérieux en haut, tout est risible et sardonique en bas. On dirait le chant de l'esclave derrière le char du triomphateur. Relisez le chapitre des murailles de Paris, celui de l'érection du trophée, ceux des *debteurs* et emprunteurs et généralement les passages du troisième livre où se trouve racontée la fameuse préoccupation de Panurge, le récit de la tempête : partout vous y verrez au même degré se manifester cette opposition systématique. J'aurai occasion de revenir sur l'importance, beaucoup trop négligée selon moi, de la grande figure de Pantagruel ; mais dès à présent on m'accordera bien que celle de Panurge en est du commencement à la fin la vivante contre-partie.

Pareille trouvaille n'était pas faite pour demeurer inféconde. Une fois le filon inventé, arrivent les ouvriers de la deuxième heure qui l'exploitent dans tous les sens. A ne nous en tenir qu'aux plus illustres, Shakespeare et Cervantès sont du nombre. Ils s'approprièrent l'un et l'autre, en la transformant à leur guise et suivant le tour de leur génie, cette belle création.

Débraillé, sensuel, vantard et poltron, esclave de son ventre, alourdi par les excès, faisant un naïf étalage de ses vices et discourant avec logi-

que sur l'utilité qu'ils lui procurent, Falstaff n'est
qu'un Panurge vieux et gras qui souille dans les
tavernes d'Eastcheap son blason dédoré. On ne
saurait plus douter aujourd'hui que le grand dra-
maturge anglais ait eu dans les mains le poëme
du conteur français (1). Par moments il en reproduit avec une telle fidélité l'esprit et la manière
qu'on serait presque tenté de croire qu'il le copie,
si Shakespeare pouvait copier quelqu'un. Son héros
bouffon en serait à lui seul une preuve décisive.
Comme celui de Rabelais, il est admis dans la société
du prince ; mais combien il paie cher cette auguste
camaraderie ! A toute heure il lui faut essuyer les
rebuffades et les dédains du noble compagnon de
débauches auquel il sert de jouet et de plastron.
Quand il apprend que son royal élève est enfin
monté sur le trône et qu'il l'aborde avec assurance,
convaincu qu'il n'aura qu'à se montrer pour con-
quérir la faveur du monarque, il ne rencontre
plus qu'un visage irrité et de sévères paroles : « Je
» ne te connais pas, vieillard... je te bannis sous
» peine de mort comme je l'ai fait de mes autres
» mauvais conseillers (2). » Il en devait être ainsi
pour l'honneur de la Couronne. Ce n'était pas le roi
Henri qui pouvait offrir à l'outrecuidant acolyte

---

(1) M. Emile Montégut l'a établi sans conteste dans l'*Avertissement* qu'il
a placé en tête de la 1re *partie du roi Henri IV*. Voir sa traduction des
Œuvres complètes de Shakespeare, t. IV, p. 222 et suiv.

(2) *Le roi Henri IV*, 2e partie, acte V, sc. V.

du prince de Galles « la chastellenie de Salmigon-
din (1) » en témoignage de son amitié. Aussi
n'est ce point dans l'éphémère association qui l'unit
à Falstaff que se trouve le vrai développement de
l'antithèse chère à Rabelais; elle est tout entière
dans la présence sur la scène de l'impudent baron-
net et de sa bande picaresque côte à côte avec les
plus hauts dignitaires du pays, dans la succession
d'événements tragiques et d'incidents comiques
dont abondent les deux Henri IV, ces drames his-
toriques où Shakespeare, glissant peut-être un peu
trop sur sa pente, s'est aventuré avec une si superbe audace dans l'alliance du grandiose et du
grotesque; et même, si l'on veut aller au fond des
choses, elle est en action dans son œuvre immense
dont Falstaff ne personnifie qu'un accident.

Bien différent est le parti que le romancier es-
pagnol a tiré du même antagonisme. Il ne s'est pas
borné à dédoubler l'âme humaine, il a scindé l'in-
dividu. Au lieu de deux hommes complets dans
leur contradiction, il ne nous a plus donné que
deux moitiés d'homme; l'une possédant tout ce
qui manque à l'autre et réciproquement. Chez lui
l'esprit et la matière se sont disjoints et ne parviennent plus à s'entendre. La candeur de don
Quichotte, son désintéressement, son intrépidité,
sa patience à toute épreuve, sa discrète courtoisie,

---

(1) Rabelais, liv. III, ch. II.

la noblesse de son caractere, la pureté de ses intentions tout cela n'est qu'insanité faute d'une parcelle de raison; le bon sens de Sancho, son attachement aux biens de ce monde, son esprit de paysan madré, défiant et sentencieux, tout cela n'est que platitude faute d'un atome d'idéal. A force de regarder, l'un dans les nuages, l'autre à terre, ils perdent de vue le but et ne savent plus se conduire. Quelle douce pitié cependant, quelle sympathie provoque ce couple inoffensif; avec quel intérêt on le suit dans ses inoubliables pérégrinations; comme on écoute en souriant les interminables entretiens auxquels il s'abandonne! Cervantès a adouci les contours. Sancho n'est pas enclin au mal, vicieux de propos délibéré comme Panurge; il prête à rire par son ignorance et sa crédulité, non par la pénétration de son entendement. Ce n'est certes pas lui qu'on pourrait traiter de sceptique et de pervers, ou qui serait capable de nous souhaiter le bonjour en *treize langues* (1). Mais il est bien l'envers, le contre-pied de son maître. Large et pansu, hissé sur son baudet, le bissac aux reins, les pieds au ras du sol, il figure le corps et ses appétits, pendant qu'à ses côtés l'âme et ses aspirations, sous les traits amaigris du héros de la Manche, chevauchent parmi les épreuves vers la patrie enchantée et

(1) Voyez Rabelais, liv. II, ch. IX.

et décevante des Amadis et des Esplandian. Jamais tant de prose fut-elle répandue auprès de tant de poésie? Vingt fois désarçonnés, moulus de coups, abreuvés d'outrages, les deux inséparables poursuivent, sans se lasser ni se comprendre, leur double rêve si peu ressemblant : l'un le bien-manger et le rien-faire, l'autre un regard souriant de l'insaisissable beauté. Pauvres natures boiteuses, impuissantes à retrouver leur aplomb, pauvres galères désemparées, inhabiles à toucher le port!

Ainsi le dualisme psychologique de Rabelais grave son empreinte chez deux peuples voisins. La trace s'en accuse moins vive dans notre propre littérature, que le dix-septième siècle avait ramenée aux proportions et aux règles classiques. Dédaigné du public lettré, il se réfugie chez le populaire; on en pourrait retrouver comme une vague réminiscence sur les tréteaux où l'ingénieux Tabarin argumente contre l'empesé Mondor (1). Pour découvrir ce champ fertile en effets inattendus, et dont il ne soupçonnait probablement pas toute la richesse, Rabelais n'avait eu

---

(1) Les données primitives se modifient et se transforment au point de devenir méconnaissables. Si nous voulions suivre dans tout son parcours le développement de l'idée mère qui nous occupe, il faudrait peut-être aller en chercher l'écho jusque dans ces adorables chapitres où l'auteur du *Voyage autour de ma chambre* a si heureusement mis aux prises *l'âme et la bête*. On peut juger par là du chemin parcouru et de l'importance de l'évolution.

qu'à promener autour de lui son perspicace regard. La société au sein de laquelle il vivait n'of-
frait que contrastes et conflits. L'homme des premières années du seizième siècle flottait entre la
soumission aveugle imposée par la théocratie du
moyen âge et l'indépendance mentale qui est le signe caractéristique des temps modernes. Un grand
mouvement d'idées et de faits s'accomplissait de
toutes parts. Le monde laïque tendait à sortir du
monde religieux. L'état civil naissait, rompant
avec effort ses lisières, impatient comme Pantagruel au berceau. Emergeant de l'ombre féodale,
l'aurore des jours nouveaux commençait de poin-
dre. De là force tiraillements, force exagérations,
force combats; luttes violentes de la parole et de
la plume qui devaient bientôt se continuer sur un
autre théâtre, aussi acharnées et plus sanglantes.
Au sortir d'un spiritualisme outré, d'un ascétisme
farouche, d'un symbolisme insatiable, la chair et
la raison reprenaient leurs droits. On était affamé
de jouissances, de réalités, d'épanouissement et
de liberté. Timide au début, la réaction grandis-
sait chaque jour, l'imprimerie venait de centupler
ses forces. Un vaste besoin de réformes agitait les
âmes; une soif confuse de perfectionnements et de
progrès les travaillait sans relâche; elles se sen-
taient emportées vers des horizons inconnus. Rabelais envisagea d'un coup d'œil profond et sûr le
bouillonnement tumultueux de son époque, il en

démêla les tendances contraires, et ce n'est pas la
marque la moins saillante de son génie que d'avoir
su les personnifier et les décrire. Sa protestation
contre le passé éclate avec une énergie sans pareille. Panurge et frère Jean se chargent de l'en-
terrer sous des monceaux de victuailles, de le
noyer dans des flots de vin, tandis que, les yeux
tournés vers l'avenir, Pantagruel et Gargantua
préparent d'une main laborieuse et forte l'avéne-
ment du règne de la loi. Le comique des uns désa-
grége et dissout un monde; la gravité des autres
en va reconstituer un nouveau.

On est toujours quelque peu embarrassé avec
Rabelais. Ses « beaux livres de haute gresse, le-
» giers au prochaz et hardis à la rencontre, » il
nous engage lui-même à les « interpréter à haut
» sens, » à y soigneusement rechercher cette « doc-
» trine plus absconse laquelle nous revelera de
» tres hauts sacremens et mysteres horrifiques,
» tant en ce que concerne nostre religion, que
» aussi l'estat politicq et vie œconomique » (1);
puis il prend soin, quelques lignes après, de nous
mettre en garde contre les dangers d'une trop
subtile interprétation, et nous cite pour exemple
les scoliastes d'Homère. On craint d'aller trop loin
et pas assez. Le plus simple n'est-il pas alors de
dégager l'impression qu'ils nous laissent sans nous

(1) Prologue du liv. I.

préoccuper outre mesure des sous-entendus de leur auteur? Notre point de vue peut n'avoir pas été exactement le sien; qu'importe, pourvu que les conséquences auxquelles nous arrivons soient en germe dans son œuvre comme les conclusions dans les prémisses. Si clairvoyant qu'on suppose un écrivain, il est inadmissible qu'il parvienne à se rendre compte de l'influence qu'exercera sur la postérité le produit de son travail et à deviner la signification qu'elle jugera convenable de lui attribuer au bout d'un plus ou moins grand nombre de siècles. Chaque génération, passant à son tour devant le monument qu'il a élevé, s'en laisse affecter de diverses manières en même temps qu'elle y vient puiser des idées et des remarques nouvelles. Ne nous lassons donc pas d'envisager les multiples aspects de celui que nous analysons. Après avoir étudié par les sommets son caractère fondamental et dominant, disposons-nous à l'interroger dans ses parties essentielles. Autour des types principaux de Pantagruel et de Panurge, nombre de personnages viennent se grouper, tous également pleins de vie et de vérité, qui se distribuent, suivant le rôle qu'ils ont à jouer, soit du côté noble, digne et sérieux, soit du côté comique, vulgaire et plaisant. Grandgousier, Gargantua, Ponocrates; Picrochole, frère Jean, Bridoye, Dindenault et tant d'autres fortifient la donnée première, tout en conservant leur personnalité.

Rois, moines, magistrats, gens du peuple : à tous
les degrés de l'échelle sociale, ils nous racontent
les faiblesses, les préjugés, les écarts de l'homme,
et directement ou indirectement nous enseignent
à les éviter. Parmi ces physionomies variées, il
en est certaines qui servent en quelque sorte de
pivot à l'œuvre tout entière, et qui en accusent
plus spécialement la donnée philosophique. J'entends la trilogie des princes : Grandgousier, Gargantua, Pantagruel. Chacun d'eux a ses qualités
propres; réunis, ils composent un tout, et ce tout
est le chef d'Etat modèle, car il ne paraît pas dou-
teux que Rabelais ait eu l'intention très-arrêtée
de tracer en eux le portrait idéal du parfait sou-
verain. Cette famille de géants, dont les membres
étroitement unis les uns aux autres par les liens
du sang et de la piété filiale, s'enchaînent, se
complètent et s'harmonisent si heureusement,
semble n'avoir été inventée que dans ce but. Une
stature monstrueuse est le seul ridicule qu'il leur
ait infligé, encore oublie-t-il fréquemment de les
en affubler. Il les grandit ou les rapetisse à son
gré, et finit même par négliger de la façon la plus
complète cet élément bouffon, auquel il avait dû
la première idée et les premiers succès de son
œuvre, bien différent en cela de Swift, qui veille
avec une attention scrupuleuse sur les dimensions
rigoureusement calculées de Brobdingnac et de
Lilliput. Mais pour Swift la petitesse de l'un, l'é-

normité de l'autre servaient de thème à de satiriques parallèles et faisaient ainsi partie intégrante
de son sujet; tandis que Rabelais n'avait exagéré
hors de toute proportion la taille de ses rois que
pour forcer le public à les accepter. Il n'y atta-
chait pas autrement d'importance; et l'on peut re-
marquer son empressement à la ramener au niveau commun toutes les fois qu'ils accomplissent
des actes, ou tiennent des discours ayant une
valeur réelle. Par moments même ses héros ces-
sent tout à coup d'appartenir à l'espèce humaine;
il les réduit à n'être plus qu'une sorte d'identifica-
tion des forces de la nature, et pour ce faire, il
va fureter parmi les vieilles légendes populaires
locales. On prendrait mal son temps de leur
demander alors de la raison, des sentiments et
des vertus. Tout cela n'est que hâblerie, con-
cession ou sacrifice au goût du jour. Il a aussi
vite fait d'oublier et de laisser là ces machines
énormes que de les construire et de les ani-
mer.

Si donc on écarte cet appareil aussi colossal
qu'enfantin dont il les enveloppe avec si peu de
précaution, Grandgousier, son fils et son petit-fils
se montrent sous leur vrai jour. Ils résument à
eux trois ce qu'on doit attendre d'une âme virile
et droite, d'un cœur honnête et sain, d'un cerveau
cultivé. Sous la rudesse extérieure de l'aïeul se
cache une simplicité antique, un sentiment très-

exact de justice; Gargantua dans sa jeunesse déploie autant de générosité que de valeur, et montre dans sa vieillesse la majesté d'un patriarche
unie à la raison d'un sage; enfin le prince appelé
à leur succéder reproduit les hautes qualités qu'ils
lui ont transmises en les relevant par plus d'ur-
banité et de douceur. Il est plus lettré, plus affiné
par l'étude et les voyages, par ses travaux dans
les facultés ou les universités en renom : Montpel-
lier, Poitiers, Paris. L'éducation si admirable que
son père a reçue rejaillit jusqu'à lui; il semble que
seul il en doive bénéficier. On ne le surprend pas
se livrant à une action grossière, vile ou déshon-
nête. Son langage est poli, mesuré, sa conduite
irréprochable, ses mœurs pures malgré le voisi-
nage de Panurge. Les gestes ou les propos graveleux de celui-ci peuvent bien lui arracher un sourire; mais cela ne l'atteint, ne le salit pas, il n'y
prend nulle part. Muni de connaissances nombreuses, partisan d'une philosophie élevée et point
orgueilleuse ni rogue, il révère Dieu et l'invoque
pieusement. Au plus fort de la tempête, alors que
frère Jean hurle ses jurons énergiques, que Panurge tremble de peur et claque des dents, on entend tout à coup sa voix de tonnerre : « Seigneur
» Dieu, saulve nous. Nous perissons. » C'est le cri
des apôtres sur la barque. Il met sa confiance dans
le Très-Haut et s'abandonne à sa toute-puissance :
« Non toutesfois advienne selon nos affections,

» mais ta sainte volunté soit faite (1). » Aussi est-ce lui qui le premier entrevoit la possibilité du salut : « Terre ! terre ! je voy terre (2), » s'écrie-t-il. Ces trois hommes sont bienveillants, bons et candides comme tous les êtres forts ; ils ont peine à soupçonner le mal ; ils ne le font ni ne le souhaitent. Entre eux c'est un échange constant d'estime et d'amitié. Il fait beau voir quelle simple et touchante affection les rassemble, quel respect reconnaissant du fils au père, quelle tendre sollicitude du père pour le fils. La fameuse lettre que Gargantua mande à Pantagruel, durant le séjour de ce dernier à Paris, est dans toutes les mémoires : elle respire les sentiments les plus parfaits qui aient jamais animé un cœur paternel. On n'en voudrait pas retrancher un seul mot. Une douce et sereine philosophie s'y allie d'un bout à l'autre au plus pur spiritualisme chrétien. « Tres cher filz, » y est-il dit, « science sans conscience n'est que » ruine de l'ame, il te convient servir, aimer et » craindre Dieu, et en luy mettre toutes tes pen- » sées et tout ton espoir, et, par foy formée de » charité, estre à luy adjoinct... Aye suspectz les » abus du monde. Ne metz ton cœur à vanité : car » ceste vie est transitoire, mais la parole de Dieu » demeure eternellement. Sois serviable à tous tes

(1) Liv. IV, ch. XXI.
(2) Liv. IV, ch. XXII.

» prochains et les aime comme toi-même (1). » On
serait disposé à tout citer. Rabelais n'eût-il écrit
qu'une telle page, nous lui serions redevables d'un
chef-d'œuvre; mais cette lettre n'est pas la seule.
Il y a celle de Grandgousier à son fils, lorsqu'il le
rappelle près de lui pour repousser l'injuste attaque
de Picrochole (2); il y a encore la seconde lettre
qu'adresse Gargantua, devenu père à son tour, à
son fils Pantagruel alors en voyage, et la réponse
de celui-ci (3); le bel entretien qui a précédé son
départ (4), dans lequel il témoigne tant de soumission aux ordres paternels, déclarant qu'il préfère
la mort à la désobéissance, et cela en une matière
où les enfants se croient le plus autorisés d'habitude à ne tenir compte que sous bénéfice d'inven-
taire des désirs de leurs parents. Partout c'est la
même élévation d'idées, la même éloquence atten-
drissante, la même beauté d'expressions, le même
échange d'amour paternel et filial, robuste, naturel
et convaincu. Ce sont bien là trois hommes ac-
complis; mais, comme on va le voir, ils sont plus
encore : ils sont rois et nul jamais ne fut autant
qu'eux digne de l'être.

Presque à l'heure où Machiavel codifiait, à l'u-
sage des gouvernants d'alors, les règles de la po-

(1) Liv. II, ch. VIII.
(2) Liv. I, ch. XXIX.
(3) Liv. IV, ch. III et IV.
(4) Liv. III, ch. XLVIII.

litique sans honte et sans moralité qui florissait au quinzième et au seizième siècle, Rabelais jetait les fondements de celle que toutes les âmes sincères et vertueuses voudraient voir régner ici-bas, et qui finira peut-être un jour par s'imposer au monde, s'il ne faut pas désespérer de sa sagesse. L'épisode le plus important de son premier livre, celui de l'invasion des Etats de Grandgousier par l'aventureux Picrochole, lui a fourni l'occasion d'exposer son sentiment sur cette grave question. A la nouvelle des excès commis par le roi de Lerné, son « amy ancien, » le vieux monarque n'en peut croire ses oreilles. Il ne songe tout d'abord qu'aux malheurs prêts à fondre sur ses « pauvres subjects; » c'est pour les défendre qu'il fera une dernière fois plier sous le harnais ses « espaules lasses » et foibles, qu'en sa main tremblante il prendra » la lance et la masse. » Pourtant, si indigné qu'il soit d'une pareille agression, si résolu qu'il se montre à repousser la force par la force, il n'aura recours aux moyens extrêmes qu'après avoir épuisé les plus louables tentatives de conciliation. « Je n'entreprendray guerre, » dit-il, « que je n'ay » essayé tous les arts et moyens de paix (1). » S'il faut même en venir aux mains, on évitera tout meurtre inutile. « L'exploit sera fait à moindre » effusion de sang qu'il sera possible (2), » a-t-il

(1) Liv. I, ch. XXVIII, *passim.*
(2) Liv. I, ch. XXIX.

écrit à son fils en le priant de revenir incontinent ;
et entre temps il dépêche l'excellent Ulrich Gallet
vers son bouillant ennemi. La harangue de ce sage
ambassadeur est digne du maître qui l'envoie :
« Quelle furie t'esmeut maintenant, toute alliance
» brisée, toute amitié conculquée, tout droit tres-
» passé, envahir hostilement ses terres, sans en
» rien avoir été par luy ny les siens endommagé,
» irrité, ny provoqué ? Où est foy ? où est loy ? où
» est raison ? où est humanité ? où est crainte de
» Dieu (1) ?... » Le Droit, la Loi, la Raison, l'Humanité ! Grands mots que les conquérants de toutes les époques auraient besoin de s'entendre rap-
peler. Comparez Machiavel : « Un prince... étant
» dans la nécessité de conserver l'Etat, doit sou-
» vent agir contre la foi, la charité, l'humanité
» et la religion (2). » Grandgousier ne l'entend
pas ainsi ; son messager le retrouve « à genoux,
» teste nue, encliné en un petit coing de son ca-
» binet, priant Dieu qu'il voulsist amollir la cho-
» lere de Picrochole (3). » Malgré le peu d'espoir
qui lui reste d'être écouté, il veut faire un dernier
effort pour obtenir la paix : tout est inutile. L'en-
vahisseur est d'autant plus irascible et belliqueux
qu'il voit son adversaire plus pacifique. Enivré des
triomphes que, dans une scène inimitable, lui pro-

(1) Liv. I, ch. XXXI.
(2) *Le Prince*, ch. XVIII.
(3) Liv. I, ch. XXXII.

mettent ses flatteurs (1), il entre en campagne.
Chacun sait ce qui s'ensuit et comme manœuvrent
rudement Gargantua et les siens. Voilà Grandgousier vainqueur; on lui amène un prisonnier : « Le
» temps n'est plus, » lui dit-il, « d'ainsi conquester
» les royaumes, avec dommages de son prochain.
» Ceste imitation des anciens... Alexandres, Han-
» nibals... Cesars et autres telz est contraire à la
» profession de l'Evangile... Et ce que les Sarra-
» sins et barbares jadis appelloient prouesses,
» maintenant nous appellons briganderies et
» meschancetez. » Et il le renvoie sans rançon :
« Allez-vous en, au nom de Dieu ; suivez bonne
» entreprise, remonstrez à vostre roy les erreurs
» que cognoistrez (2)... » Se peut-il souhaiter plus
de longanimité avant l'action, plus de générosité
après la victoire ? Gargantua se hausse à la grandeur morale de son père ; il y a d'autant plus de
mérite que ses amis et lui sont échauffés encore du
feu de l'action. Ayant donc rassemblé les vaincus,
il leur adresse ces belles paroles : « Ne voulant
» aucunement degenerer de la debonnaireté here-
» ditaire de mes parens, je vous absouls et deli-
» vre, et vous rends francs et liberes comme par
» avant. » Il regrette l'absence de Picrochole,
« auquel j'eusse donné à entendre, » ajoute-t-il,

(1) Liv. I, ch. XXXIII.
(2) Liv. I, ch. XLVI.

« que, sans mon vouloir, sans espoir d'accroistre
» ny mon bien, ny mon nom, estoit faite ceste
» guerre (1). » Et il remet le royaume tout entier
au jeune enfant du fugitif, prenant soin de pour-
voir à l'administration du trône vacant jusqu'à la
majorité de son protégé. Quant aux perfides conseillers, causes de ce désastre, il se contente, pour
toute punition, de les employer à « tirer les presses
» à son imprimerie, laquelle il avait nouvellement
» instituée (2). » N'est-ce point le cas de s'écrier
avec les pèlerins enthousiasmés : « O que heureux
» est le pays qui a pour seigneur un tel homme! »
Quand on songe que celui qui a conçu et exprimé
en un style plein de grandeur un aussi magnifique
exposé de droit international, basé sur la charité
et la justice, vivait dans la première moitié du seizième siècle, on demeure confondu. Quel exemple
pour les tueurs et les démolisseurs d'alors! Quelle
réponse à cette autre phrase terrible du *Prince* :
« Le meilleur moyen de conserver les villes qu'on
» a conquises, c'est de les ruiner (4) ! » Et que
nous sommes, hélas! éloignés nous-mêmes d'un
tel *desideratum!* Combien de temps Grandgousier et sa descendance continueront-ils encore à
régner sur le pays « d'*Utopie?* » L'avouerai-je,

(1) Liv. I, ch. L.
(2) Liv. I, ch. LI.
(3) Liv. I, ch. XLV.
(4) *Le Prince*, ch. V.

lorsque entraîné par la lecture de ces pages subli-
mes, il m'arrive de rencontrer au passage la face
empourprée de frère Jean, et d'ouïr ses cris as-
sourdissants de buveur jamais désaltéré, je suis
tenté de lui en vouloir. Il s'est si fort démené, cet
endiablé moine, qu'il a fait presque oublier Grandgousier et Gargantua, comme Panurge, de son
côté, a presque aussi fait oublier Pantagruel. Et
pourtant, sans les uns aurions-nous les autres?

Certainement Rabelais, au fond du cœur, avait
au moins autant de sympathie pour ses rois que
pour ses bouffons; il en a donné la preuve dans le
soin avec lequel il prépare et surveille leur éclo-
sion. Depuis le berceau jusqu'à l'âge d'homme, il
les suit avec amour, ne négligeant rien pour les
amener au degré de perfection qu'il leur ménage.
Il entre et se complaît dans les plus menus détails
et combat impitoyablement la routine partout où
il la rencontre, également soucieux d'accroître
leur force physique et de former leur intelligence.
Sur son minutieux programme les exercices cor-
porels alternent habilement avec les études proprement dites; les lectures succèdent aux conver-
sations utiles, les délassements de l'esprit, les
innocentes récréations aux enseignements religieux. Il exige que son élève apprenne par les
yeux autant que par les oreilles; il le conduit en
tous lieux où l'on peine et travaille, afin qu'il y
« considère l'industrie et invention des mestiers. »

Il ne laisse échapper aucune occasion de l'entretenir et de l'instruire ; même durant ses repas, il
le captive, l'intéresse ; nous trouvons le maître et
le disciple « parlans de la vertu, propriété, efficace
» et nature de tout ce que leur estoit servy à table. » Enfin il « l'institue en telle discipline qu'il
» ne perd pas une heure par jour (1). » L'Allemagne vante ses *Real-Schulen* et nous poursuivons
l'amélioration de notre enseignement profession-
nel ; voilà trois siècles et plus que Rabelais met-
tait en saillie la base sur laquelle ils reposent.
Joignez à cela une culture intellectuelle des plus
avancées : la connaissance des langues « grecque,
» sans laquelle c'est honte qu'une personne se die
» savant, hebraicque, caldaicque, latine (2) ; » l'étude
des sciences exactes et des sciences naturelles, de
la médecine, de l'astronomie, du droit ; la pratique
de ce qu'on appelait alors les arts libéraux ; le tout
couronné par une morale vertueuse et pure, for-
tifié par un élan quotidien vers le Seigneur aux
pieds duquel ramène soir et matin une fervente et
religieuse invocation : « Si prioient Dieu le créa-
» teur en l'adorant et ratifiant leur foy envers lui,
» et le glorifiant de sa bonté immense : et, luy
» rendans grace de tout le temps passé, se recom-
» mandoient à sa divine clemence pour tout l'ad-

(1) Liv. I, ch. XXIII et XXIV, *passim*.
(2) Liv. II, ch. VIII.

» venir (1). » Dans le but de compléter ces excel-
lentes leçons, le jeune étudiant ira perfectionner
son savoir auprès des chaires publiques où d'illustres et doctes professeurs exposent leurs théo-
ries médicales et juridiques; il profitera de ses
voyages pour visiter les diverses provinces de sa
patrie, en attendant qu'homme fait, il parcoure le
monde, observe les usages, les coutumes et les
lois des peuples étrangers, recueille de précieux
renseignements sur les animaux et les plantes des
contrées lointaines, et, riche de tant de labeurs,
rentre plus tard en son palais, digne, après avoir
pieusement fermé les yeux à son vieux père, de
prendre le sceptre et de faire à son tour le bon-
heur de ses sujets. Où trouver un tableau mieux
réussi et plus près de la perfection? Fidèle à ses
précédents, Rabelais en avive encore les couleurs
par la juxtaposition d'une ombre épaisse. Jaloux
de mettre en relief l'excellence de son système, il
le fait contraster avec les méthodes vicieuses d'enseignement en vigueur à cette époque. Maître Thu-
bal Holoferne et le « vieux tousseux, » maître
Jobelin Bridé (2), ces grands docteurs sophistes,
habiles à montrer la lettre et endormir l'esprit,
servent de repoussoir au sage Ponocrates, comme
la « cruaulté et villenie » en honneur au « colliège

(1) Liv. I, ch. XXIII.
(2) Liv. I, ch. XIV.

» de pouillerie, qu'on nomme Montagu (1), » fait
ressortir les avantages d'un peu de complaisance
et de liberté. L'écolier sorti des mains de ces
malencontreux régents n'est qu'ignorance, paresse
et libertinage. Il faut le purger « canoniquement
» avec elebore de Anticyre.... Luy nettoyer toute
» l'alteration et perverse habitude du cerveau. Luy
» faire oublier tout ce qu'il avoit appris sous ses
» antiques precepteurs (2) » avant de le soumettre
au régime nouveau. C'est une révolution radicale.
Les ergoteurs du moyen âge ont vécu. Place à
l'air, au bon sens, à la vérité, à la lumière ! On l'a
dit justement : « Montaigne fait l'éducation d'un
» gentilhomme et Rabelais celle d'un prince (3). »
Des temps moins sombres peuvent surgir : ce
prince est outillé pour y vivre ; il est prêt à réali-
ser la somme de savoir, de clémence, de modération, de sagesse que tout à l'heure il nous a été
donné de voir à l'œuvre. M. Guizot, en quelques
pages fort instructives, a condensé les parties du
Pantagruel et du *Gargantua* qui traitent de l'éducation. On ne peut qu'y renvoyer le lecteur ; il y
verra que l'un des plus solides esprits de ce temps
n'hésite point à qualifier de « sensée, douce et

(1) Liv. I, ch. XXXVII.
(2) Liv. I, ch. XXIII.
(3) La réflexion est de M. Michel Bréal. V. *Souvenirs d'un voyage
csolaire en Allemagne. Revue des Deux Mondes,* n° du 15 juin 1875.

libérale (1) » celle que préconise Rabelais. J'ose
ajouter après lui qu'elle aboutit au parfait équilibre du corps et de l'esprit, à la pondération idéale
de nos facultés, et réalise le beau précepte : *Mens
sana in sano corpore* (2).

Telles sont les grandes lignes de l'ouvrage dont
je m'efforce d'extraire la substance. Est-il nécessaire, possible même, à présent de pénétrer dans
le détail, d'entreprendre une à une chaque figure
de cet excentrique univers, d'examiner par le menu
ces chapitres à la fois railleurs et sérieux dans
lesquels Panurge soumet à tout venant la difficulté
qui lui a mis « la pusse en l'oreille? » Etrange dis-
cussion d'un des problèmes sociaux qui tourmen-
tent plus particulièrement notre époque, et dont
le théologien Hippotadée, si l'on veut prendre
Rabelais par son côté raisonnable, semble bien
avoir prononcé le dernier mot. « Prenez votre
» femme, » dit-il au grand narquois qui le con-
sulte, « issue de gens de bien, instruicte en vertus
» et honnesteté, non ayant hanté ne frequenté
» compagnie que de bonnes mœurs, aimant et
» craignant Dieu..... vous de vostre costé l'entre-
» tiendrez en amitié conjugale, continuerez en
» preud'homie, luy montrerez bon exemple, vi-

---

(1) Guizot, *Des idées de Rabelais en fait d'éducation*, 1812. Ce petit écrit
a été recueilli par son auteur dans un volume paru sous le titre : *Méditations et études morales*. — Paris, Didier, 1855. — V. p. 357.

(2) Une âme saine dans un corps sain.

» vrez pudiquement, chastement en vostre mes-
» nage, comme voulez qu'elle de son costé vive (1). »
Il est indispensable de se borner. Tout analyser
nous ménerait trop loin. Rabelais touche l'un
après l'autre à chacun des leviers de la société,
s'assure de leur résistance, de leur utilité ou de
leur durée; il les redresse ou les déplace, les ren-
force ou les supprime, et jamais, dans cette délicate entreprise, il ne cesse de faire preuve de
prudence et de sagacité. Sa pensée a toujours un
correctif, surtout dans cette succession de scènes
tantôt burlesques, tantôt graves, j'allais dire so-
lennelles, dont se compose son admirable livre
troisième. Soit qu'il s'attarde aux réponses évasi-
ves du pyrrhonien, aux savantes prescriptions de
la faculté; qu'il interprète les songes, la prophétie
de la Sibylle et les « sors virgilianes (2), » ou plaisante malicieusement avec le trop naïf Bridoye;
soit que, haussant le ton, il nous fasse assister aux
derniers moments du vieux poëte, nous montre
« le bon vieillard en agonie avec maintien joyeux,
» face ouverte et regard lumineux (3), » et grave
à ce sujet une page immortelle, que Platon ne
démentirait pas, en décrivant l'arrivée de l'âme
humaine au « port de repos et de tranquillité, » il
garde une parfaite mesure, sinon dans la forme,

(1) Liv. III, ch. XXX.
(2) Liv. III, ch. X.
(3) Liv. III, ch. XXI.

au moins dans le fond. Il se joue des plus grandes difficultés, se tire de tous les mauvais pas, et à force d'entrain, d'expansion, de bonne humeur, de gaieté, de finesse, de spontanéité, de chaleur, de bon sens, d'éloquence et de poésie, nous oblige d'accepter ses bizarreries, ses caprices, ses raisonnements baroques, ses plus paradoxales conclusions.

C'est que là, comme dans ses deux premiers livres, il fait principalement le procès à la sottise humaine et ne se préoccupe des affaires du jour que d'une façon tout à fait accessoire. Il n'en va plus de même dans les livres suivants. A part quelques chapitres, qui sont comme une suite et un prolongement de leurs frères aînés, le caractère de l'œuvre se transforme. De subjective qu'elle était auparavant, elle devient tout à coup objective. Les types si heureusement trouvés qui occupaient le premier plan sont peu à peu relégués au second; ils deviennent de simples comparses chargés de la réplique, et nous cessons pour ainsi dire de les voir agir. L'auteur monte, sans s'en apercevoir, sur la « nauf » de Pantagruel, se mêle aux gens de l'équipage, et c'est lui qui se charge de rédiger le journal du bord. Plus il va, plus il se découvre. Discret dans le principe, il se borne à parler au nom de tous : « Nous levames l'ancre.... nous » fimes route..... nous débarquames... » Mais on dirait que ce rôle effacé ne lui suffit pas; il se met

6

en avant : « Je vis, je recognus, je dis.... Panurge
» me dist à l'oreille. » Il questionne, interroge,
fait tout haut ses réflexions (1). Nous avons vu
que ces parties de l'ouvrage sont de beaucoup pos-
térieures aux premières. L'une parut deux ans
seulement avant sa mort, l'autre plusieurs années
après. S'il avait eu de nombreux partisans, le curé
de Meudon ne manquait pas non plus d'ennemis.
L'apparition de ses précédents écrits, et notamment du deuxième livre du *Pantagruel*, avait sus-
cité bien des animosités qui se faisaient jour avec
une aigreur extrême. Ce fut alors qu'il reprit la
plume autant pour se défendre que pour attaquer.
Moins préoccupé de moraliser que de combattre, il
déversa le ridicule à flots sur ses détracteurs dé-
contenancés. Le ton de son poëme s'en ressent.
Les événements contemporains y tiennent une
plus large place ; les allusions pleuvent de toutes
parts ; la raillerie s'abat comme une massue ; la
moquerie siffle comme un javelot. La satire cesse
d'être générale ; elle se concentre, s'envenime,
se fait plus personnelle, plus directe, plus acca-
blante. Toutes les puissances du jour défilent rapi-
dement sous nos yeux et subissent les traits d'une
critique acerbe, sans ménagement ni pitié. Gens
d'église et de robe, moines de tous ordres, prêtres, prélats, cardinaux et papes ; magistrats, pro-

(1) Voyez : liv. V, ch. VI, *in fine.*

cureurs, contrôleurs et percepteurs d'impôts ; philosophes scolastiques, poëtes prétentieux, pédants
patentés et bouffis d'orgueil sont bafoués de mille
manières, chansonnés sous mille formes : « Hermi-
» tes... chatemites, cagotz, hypocrites, de par tous
» diables, ostez-vous de là (1). » Le terrible justicier
que vos criailleries ont tiré de son repos vous fla-
gelle sans merci aux applaudissements de la foule.
Le succès fut grand et grande aussi la colère. Pouvait-il en être différemment? Quant à nous, spec-
tateurs éloignés et par suite à peu près désintéres-
sés de ces luttes éteintes, nous n'y pouvons guère
prendre qu'un souci de curieux ou d'artistes. Sans
doute l'indignation du maître pour la fausseté du
cœur, l'hypocrisie, le mensonge et l'iniquité, son
mépris des instincts honteux et rapaces, ses em-
portements contre la vénalité, la concussion, la
simonie nous touchent et nous émeuvent. Cela est,
hélas! de tous les temps et de tous les lieux. Mais
les allégories plus ou moins transparentes auxquelles il a recours, afin d'atteindre plus aisément
des personnes et des choses aujourd'hui disparues
ou modifiées, ou tombées dans l'oubli, très-goû-
tées par ses contemporains, ont plus de peine à
l'être par nous. A mesure que la distance aug-
mente, ces petits moyens d'actualité, précieux in-
dices pour le chercheur érudit, vont s'effaçant da-

(1) Liv. IV, ch. LXIV.

vantage pour le gros des lecteurs, qui en vient à
ne plus les saisir. Le contingent disparaît; le nécessaire seul subsiste. Ici le nécessaire, au lieu
des résultats positifs que nous avions dégagés des
trois premiers livres et d'une partie du quatrième,
ne nous fournit qu'un résultat négatif. Il n'est
plus question de perfectionnements et d'améliora-
tions, d'encouragements et d'espérances. Le blâme
et l'ironie à outrance dévorent tout. Rabelais
n'exhorte plus, ne discute plus; il châtie, quelquefois même hors de propos et contre toute
équité. Cette fin du *Pantagruel* est triste; on
y sent moins de jeunesse et plus d'amertume.
L'auteur va droit au but et n'a pas le loisir de
s'amuser en chemin. Il a quasi cessé de rire, et,
sur le point de dire adieu à la vie, il jette un
regard de douleur sur cette société incorrigible
qu'il laisse derrière lui. Les expressions grossières, les images licencieuses reviennent moins fréquentes sous sa plume. En revanche, quelle san-
glante invective! On croit entendre le dernier cri
de l'homme libre qui lance l'anathème à toutes les
forces sociales. Un exemple entre mille : Les repré-
sentants de la justice civile n'avaient été qu'effleu-
rés dans le charmant épisode où l'un d'eux faisait
voir comme « il sententioit les procès au sort des
dez. » Ceux de la justice criminelle, si défectueuse
en France jusqu'à la fin du siècle dernier, sont
violemment dénoncés à la vindicte publique dans

les chapitres consacrés à Grippeminaud et à son conseil de « chats fourrés. » — « Des injures et » deshonneur ils ne se soucient, pourveu qu'ils » ayent escus en gibbecière (1).... Ils vivent de » corruption (2)..... Parmy eux Vice est Vertu ap- » pellé : Meschanceté est Bonté surnommée : Tra- » hison a nom de Feaulté : Larrecin est dit Libera- » lité : Pillerie est leur devise (3). » Grippeminaud a « les mains pleines de sang (4). » Une fois monté à ce diapason, on ne plaisante guère. Panurge lui-même n'a plus la force de rire : « Dieu, » dit-il, « nous a fait belle grace d'eschapper de leurs gry- » phes.... Je me sens encore esmeu et altéré de » l'ahan que j'y paty.... Si par force et violence » n'y suis mené je n'en approcheray tant que ceste » vie je vivray (5). »

Si toutes les institutions religieuses, politiques, économiques qui mènent le monde sont à ce point vicieuses dans leur principe ou leur application qu'il en faille faire table rase, que mettrons-nous à la place? Tout est détruit, rien n'est relevé : sous quel toit allons-nous abriter notre tête? Rabelais, en cet endroit, manque de la logique dont il avait jadis fourni de si remarquables preuves. Il

---

(1) Liv. V, ch. XV.
(2) Liv. V, ch. XIV.
(3) Liv. V, ch. XI.
(4) *Ibid.*
(5) Liv. V, ch. XV.

s'est laissé emporter par sès rancunes et son tempérament. Aussi le voilà grandement embarrassé pour conclure. Plusieurs ont dit qu'il ne concluait pas ; d'autres qu'il aboutissait à l'indifférence systématique, à l'épicuréisme le moins raffiné, celui qui estime seuls vrais, seuls bons, seuls dignes d'efforts les grossiers plaisirs des sens. Je ne saurais partager aucune de ces opinions. Non, tel ne peut être le dernier mot d'un pareil livre. Le génie ne s'est point dépensé sans limites durant des années pour nous acculer à bout d'espoir au fond de cette misérable impasse : il va donner son coup d'aile, il se réveille, il prend son essor et nous transporte dans la région où l'on voit clair, par où l'on s'achemine vers l'oracle de vérité. Selon certains de ses commentateurs, par « le pays de Lanternois, » Rabelais aurait entendu désigner la Réforme elle-même personnifiée dans le port de La Rochelle, un de ses principaux boulevards. Il n'avait cependant nul sujet de s'en louer (1), ses

(1) Calvin dans son traité *De scandalis* avait durement traité Rabelais : « Alii (ut Rabelaysus...) gustato Evangelio, eadem cæcitate sunt per-» cussi. Cur istud ? Nisi quia sacrum illud vitæ æternæ pignus, sacri-» lega ludendi aut ridendi audacia, ante profanarant. » « D'autres, comme Rabelais, après avoir goûté l'Evangile, ont été frappés d'aveuglement ; car, dans la sacrilége audace de leurs rires moqueurs, ils sont allés jusqu'à nier l'âme immortelle. » Rabelais le lui a bien rendu. Il fait engendrer à sa monstrueuse *antiphysie* (contre nature) avec « les Matagotz, » Cagotz et Papelars... *les Demoniales Calvins, imposteurs de Genève...* » et autres monstres difformes et contrefaits. » Liv. IV, ch. XXXII. Le traité de Calvin avait paru en 1550 ; le quatrième livre ayant été publié

démêlés avec le professeur Pierre Ramus sont là
pour l'attester, et la lecture attentive du passage
me paraît d'ailleurs s'opposer formellement à une
interprétation aussi restreinte. N'a-t-il pas eu plutôt en vue ce port de haut bon sens, de resplen-
dissante raison, « laquelle nous fait une bonne
» clarté, » où finissent par aborder tous les hommes bien équilibrés après avoir traversé l'océan
des chimères, des rêves creux et passionnés, des
excentricités fanatiques, sur les flots duquel vient
de nous promener sa capricieuse fantaisie? La suite
va nous l'apprendre. Seulement, comme il faut
toujours avec lui que le grelot résonne, comme il
s'est autrefois engagé à nous conduire jusqu'à l'île
de la « dive bouteille, » il remplit sa promesse et
nous décrit avec un prolixe amour les magnificen-
ces du temple où réside sa divinité; mais voici
qu'il nous réservait une dernière surprise : « La
» venerable pontife Bacbuc » enfle tout à coup la
voix; elle n'est plus la vulgaire prêtresse d'un
culte bestial. Du haut du trépied sacré, ses lèvres
laissent tomber de mémorables paroles. Sybille de
la sagesse, Pythonisse de la vérité, on se sent pris
d'une sainte admiration aux accents qu'elle fait
entendre : « Allez, amis, en protection de ceste

---

eù entier seulement en 1552, on ne saurait dès lors douter que le passage
ci-dessus soit la riposte à l'attaque. Comment après cela taxer Rabelais
d'une excessive sympathie pour les calvinistes ?

» sphere intellectuelle, de laquelle en tous lieux
» est le centre, et n'a en lieu aucun circonfé-
» rence, que nous appellons Dieu.... Tous philoso-
» phes et sages antiques, à bien seurement et plai-
» samment parfaire le chemin de la cognoissance
» divine et chasse de sapience, ont estimé deux
» choses necessaires, guide de Dieu et compagnie
» d'homme.... Or allez de par Dieu qui vous con-
» duise (1). » Ainsi pour gravir les sommets, pour
parvenir au dernier terme accessible à nos facultés, il est certes besoin d'être soutenu par l'esprit; mais il faut prendre garde de laisser le corps
en route. Jusque dans leurs plus hardies spécula-
tions, le penseur, le croyant, le poëte doivent se
souvenir que pour si loin vers les nues que leurs
regards se perdent, ils n'en ont pas moins les
pieds attachés au sol commun, et se dire qu'avant
tout la perfection de leur œuvre consistera dans
l'intime union des deux principes dont notre humanité est en ce monde l'unique et mystérieux
foyer : *Guide de Dieu, compagnie d'homme!* Tout
est là : Vivre sur ces deux termes, ne jamais les
séparer. Ni trop haut, ni trop bas; ni mysticisme
extravagant, ni matérialisme abject; ni l'extase,
ni l'abrutissement. « Ils veulent se mettre hors
» d'eulx et eschapper à l'homme, » dit Montaigne,
« c'est folie : au lieu de se transformer en anges,

---

(1) Liv. V, ch. XLVIII et dernier.

» ils se tranforment en bestes ; au lieu de se haul-
» ser, ils s'abattent (1). » *Qui veut faire l'ange fait
la bête* (2), répétera plus tard le grand Pascal.
Avant eux, Rabelais, dans un magnifique langage, arrivait à la même conclusion. Me suis-je
trop avancé lorsque j'ai cru pouvoir soutenir que
son livre en renfermait une digne de lui ?

Cette œuvre originale et puissante, d'une portée
morale et philosophique aussi considérable qu'elle
est manifeste, posée comme un des jalons les plus
apparents de l'esprit humain à l'entrée de l'ère
nouvelle qu'il venait d'inaugurer, ne pouvait man-
quer d'exercer au loin une influence prépondé-
rante et décisive. Nous en avons signalé le contre-
coup dans les drames de Shakespeare et le poëme
de Cervantès ; mais combien d'autres, même à
l'étranger, l'ont également ressenti ! Swift et Fielding (3) seraient-ils en mesure d'affirmer qu'ils ne
doivent rien à Rabelais ? Sterne, son enthousiaste
admirateur, procède directement de lui. Si nous

(1) *Essais*, liv. III, ch. XIII, *in fine*.
(2) *Pensées*, 1ʳᵉ partie, art. X, 13.
(3) V. La célèbre invocation : « Viens, toi qui as inspiré Aristophane, Lucien, Cervantès, *Rabelais*, Molière, Shakespeare, Swift... »
(*Tom Jones*, liv. XIII, ch. I. — Edition Furne, 1836, t. II, p. 213.) —
Fielding ajoute le nom de Marivaux, fort étonné sans doute de se trouver en telle compagnie. Cf. l'invocation de son compatriote et contem-
porain Sterne à l'esprit familier de Cervantès : *Tristram Shandy*,
ch. CCCIII.

7

rentrons chez nous, toute une branche de notre littérature, — et ce n'est pas la moins glorieuse, — se greffe sur ce tronc vivace. Regnier, Lesage, La Fontaine, Molière, Racine, dans sa comédie des *Plaideurs*, Voltaire, Beaumarchais, Paul-Louis Courier, ces talents éminemment français, d'un tour si ferme, si clair, si net, si profondément sensé, prennent par plus d'un côté leur point de départ dans la critique pénétrante, incisive, humoristique et judicieuse, dans la fine et mordante ironie où se joue le créateur de Panurge. Illustre postérité dont le rayonnement vient accroître la splendeur du vieux maître ! On l'a surnommé « l'Homère bouffon (1). » L'appellation n'est qu'à demi juste. Au fait et au prendre, Homère est moins sérieux que lui. Mais de même que toute poésie d'imagination s'exhale avec les accords divins qu'a tirés de sa lyre immortelle le chantre de l'Ionie, de même toute poésie d'observation découle du « tonneau inexpuisible à source vive et » veine perpétuelle (2) » qu'a joyeusement mis en perce le curé de Meudon. Et il ne me déplairait pas, je l'avoue, de voir quelque héritier du noble pinceau qui nous a valu l'*Apothéose d'Homère*, grouper harmonieusement autour de Rabelais cette phalange de grands hommes dont je viens d'évo-

---

(1) L'expression est de Charles Nodier.
(2) Prologue du liv. III.

quer les noms. Puis, à côté de Panurge, de Falstaff et de Sancho, cette trinité bouffonne dont il serait difficile peut-être d'indiquer le chef, à moins que l'ancienneté ne décidât en faveur du premier, j'engagerais l'artiste à fixer sur la toile les silhouettes de Gil Blas, de Lazarille, de Tartuffe, de Scapin, de Sganarelle, de Perrin Dandin, de Pangloss et de Figaro, tous enfants terribles d'une même famille, issus d'une même souche, nourris d'un même lait. Le regard embrasserait ainsi la traînée lumineuse que le poëte de la raison, l'apôtre du bon sens, le roi des satiriques, le moins gourmé des philosophes a laissée après lui. Je m'estimerais trop heureux d'avoir contribué pour une part à cette glorification méritée d'un des plus grands génies de la France (1).

(1) La majeure partie de cet opuscule était déjà livrée à l'impression quand le beau travail de M. Émile Gebhart, auquel j'ai fait allusion en commençant (v. p. 8, la note), a paru sous ce titre : *Rabelais, la Renaissance et la Réforme.* — Paris, Hachette, 1 vol. in-12. — Par ses études approfondies sur la Renaissance italienne, objet hautement avoué de ses prédilections, qui nous ont valu l'an dernier son ouvrage *De l'Italie, essais de critique et d'histoire,* — Hachette, 1 vol. in-12, — M. Gebhart était merveilleusement préparé pour une entreprise de cette nature, et je suis partagé en le lisant entre deux sentiments contraires. D'une part le regret de n'avoir pu m'assimiler, avant de prendre la plume, une œuvre toute débordante de recherches érudites et d'aperçus ingénieux, venue trop tard pour que j'en profite ; car, sans compter la difficulté matérielle qui s'oppose à ce que j'exécute aujourd'hui sur les derniers feuillets d'épreuve de sérieuses modifications, la plus élémentaire délicatesse, jointe à un amour-propre d'auteur, que je laisse à chacun le soin d'apprécier, m'interdirait au besoin de changer une ligne à ce que j'avais précédemment écrit ; d'autre part la satisfaction de m'être rencontré en

plus d'un endroit avec un esprit infiniment curieux et distingué, soit parce que nous avons puisé aux mêmes sources, soit par suite de notre commun penchant pour la sincérité. Ce n'est pas, il s'en faut bien, que j'aie la prétention de mettre en parallèle une simple esquisse et un tableau achevé. Le point de vue auquel je me suis placé s'éloigne totalement d'ailleurs de celui qu'a adopté le savant professeur. Il a surtout fait de l'analyse scientifique, et moi de la synthèse morale ; il est descendu dans les détails et j'ai plutôt traité l'ensemble ; il s'est principalement attaché à remonter aux causes, tandis que je me borne presque exclusivement à enregistrer les résultats. Cependant on me permettra de penser que, loin de se nuire, et précisément au contraire parce qu'elles se produisent à quelques jours d'intervalle, nos deux publications ne peuvent que s'entr'aider mutuellement. Outre en effet qu'on y doit relever comme un signe du temps, il n'est pas sans intérêt de rechercher comment deux personnes étrangères l'une à l'autre, placées aux deux bouts de la France, différentes d'occupations, de milieux, d'habitudes, et sans doute aussi de manières de voir et de sentir, se sont exercées, sans entente préalable, sur un même sujet. En tout cas l'apparition simultanée de leurs écrits prouvera une fois de plus que lorsqu'il est question de Rabelais, la matière est inépuisable.

Si l'on veut encore se donner la peine de comparer ces études à celle que publia, voilà trente ans passés, un littérateur de beaucoup de talent, M. Delécluze (*François Rabelais*, Paris, Fournier, 1841, brochure de 78 p. épuisée), on pourra prendre en quelque sorte sur le fait l'évolution qu'a accomplie chez nous la critique littéraire en passant de la première à la seconde moitié du dix-neuvième siècle.

Ceci me conduit à émettre une dernière réflexion. L'Académie française agirait sagement si elle rayait de son programme les mots sacramentels « Discours » et prix d'«Eloquence. » Certes nul ne peut trouver à redire au choix qu'elle vient de faire ; mais il faut convenir que l'œuvre couronnée n'est point un *discours*, et que, malgré de très-réelles qualités de style, d'exposition et d'enchaînement, elle est loin de rentrer dans le genre des compositions dites proprement *éloquentes*. Je me persuade même que son auteur serait médiocrement flatté en la voyant saluer de cette double appellation. Il suffira de renvoyer à l'*Eloge de Montaigne* par Villemain, pour que l'on me comprenne et s'assure à quel point la tradition est rompue.

FIN